獅子戸さんのモフな秘密

CROSS NOVELS

鳩村衣杏

NOVEL:Ian Hatomura

水名瀬雅良

ILLUST:Masara Minase

CROSS NOVELS

CONTENTS

CROSS NOVELS

CONTENTS

獅子戸さんのモフな秘密

Ian Hatomura
with Masara Minase

鳩村衣杏

Illust
水名瀬雅良

CROSS NOVELS

1

「誠覧堂書店《せいらんどう》」の店内に『二番レジ、オープン願います』という女性の声が流れた。生身の声ではなく、明らかに電子音とわかるアナウンスである。

「セイラン・ブックス　復刻フェア」の本棚を整理する手を止め、向後一音《こうごかずね》は顔を上げた。通路の先に見えるレジカウンターについている店員はひとりのみ。後輩社員の岡本《おかもと》だ。カウンター前には客が三、四人並んでいる。彼が店員を呼び出すためのアナウンスボタンを押したことは間違いない。

一音は通路に客がいないことを確認し、本棚と本棚の間を駆け抜ける。カウンターに飛び込むようにしてレジに立つと、岡本が安堵《あんど》の表情を浮かべた。

「次のお客様、どうぞ！」

次に並んでいる客に向かって手を挙げ、一音は声を張った。もちろん、笑顔も忘れない。

待っていた女子高生が一音の前に進み出た。

「お待たせしました！」

明るく言ったが、女子高生は表情を変えなかった。ちょっと傷つく。しかし、無表情はこの年代にはありがちなリアクションだとすぐに気持ちを切り替える。

笑顔には自信があった。これのおかげで中学時代の文化祭を皮切りに高校、大学の学園祭でも、必ず接客担当にされた。俺ってそういう才能あるのかも？と思ってからは、アルバイトもそういう仕事を探した。地元の洋品店のモデルなどもやった。

しかし、就職で上京してから東京《とうきょう》で言うところの「才能」とは桁が、いや、種類が違うのだと気づいた。地元では身長百七十五センチの細身の身体、二重の目にすっきりとした小顔——これで十分、「イケメン」で通ったが、大都会では「ちょっと見栄えのいいお兄さん」だった。それもおまけして、である。

とはいえ、笑顔に貴賤はない。接客にスマイルは標準装備のサービスだし、何より、自分のテンションを上げることに役立つ。

「これ……」

「ありがとうございます」

彼女がカウンターに載せたのは人気少女マンガの最新刊だった。ランキング上位の本だ。といっても「誠覧堂書店」は、出版社の誠覧社《せいらんしゃ》が経営する本屋だ。自社の本しか扱っていない。従って、何が売れてもランキングには自社の本が並ぶ。

「カバー、おかけしますか？」

本にかかっているビニールのシュリンクを破りながら、一音は尋ねた。淡いメイクの女子高生はうなずく。色白で、なかなか可愛い。

「はい」

「色は、どれを……」

カバーのデザインは同じだが、五色ある。巻数や中容で色を変えれば整理にも便利、と評判だ。

「じゃ、ピンク」

「かしこまりました」

ハンドスキャナーをカバー裏のバーコードに当てる。ピッという音がして、表示器に税込価格が現れた。それを見た女子高生が財布から小銭を出している間に、素早く「BOOKS　SEIRANDO」というロゴの入ったカバーをかけ、おまけのポストカードを上に置いた。

「ありがとうございました。またお越しくださいませ……次の方、どうぞ！」

精算を済ませた女子高生に頭を下げ、次の客を呼び込む。いつの間にやら客の数は増えていたが、同じ作業をくり返し、あっと言う間にレジ前には空間が広がった。

「はー……すみません」

客をさばき、力が抜けた様子で岡本が言った。

「いや、謝ることないよ。仕事だしね。ただ、岡本くん、さ……」

「はい？」

レジカウンターから出ようとする岡本を、一音はニコニコしながら引き留める。

笑みが不自然すぎたのか、岡本はビクビクしながら一音を見た。

「な……なんでしょう」

「笑顔、笑顔」

「あ……そっちですか」

「何、そっちって」

「いや、客をさばくのが遅いって注意されるのかと……」

一音は首を横に振った。

「それは、慣れれば早くなるよ。岡本くん、まだ二週間だからね」

「誠覧堂書店」が変わっているのは、取り扱う本や雑誌が自社商品のみという点だけではない。最大の特徴は、誠覧社の社員が経営と販売を担当していることだ。役職の上下に関係なく、全社員が研修のように持ち回りで、一ヶ月から最長三ヶ月まで働くことが義務付けられている。

しかし店員業務だけならともかく、経営やシフトの組み方まで仕切るとなると専従スタッフが必要だ。発案者である社長、難波《なんば》の最大の目標が、一過性のイベントではなく継続させることだったからだ。

そこで、新たに書店部という部署が発足した。一般書店との軋轢《あつれき》を避けるため、営業部直轄ではなく、子会社のような形態を取っている。社員は、社内から異動を募る形で集められた。

一音も半年前までは経理部にいたのだが、三ヶ月間ここで働き、異動した。自分自身の希望もあったが、働きぶりを認められて声をかけられたのだ。

「俺が言いたいのはそれじゃなくてさ……」

一音は口角を上げた。

「もっと笑ってー！ってこと」

「ああ……はい」

がっかりとうんざりを混ぜたような顔で、岡本はうなずく。

岡本は、入社年度は一音の一年下で、所属は映像部だ。今や出版社では当たり前ともなったメディアミックス関連の部署で、アニメや映画、ライブ音源など映像ソフトを取り扱っている。タレントやアーティストの笑顔は気になっても、自分のそれを考えたことなどないのだろう。

「精一杯やってるつもりなんですが……」

「だよね、わかってる。慣れない仕事、頑張ってるよ」

一音は労《ねぎら》う。

書店経営は今でこそ「新しい取り組み」として注目され、自分たちが作ったものを売ることの苦労、そこからのフィードバックに光が当たっているが、一方で「通常業務に支障を来《きた》す」という反発も根強く残っていた。特に接客は向き、不向きがある。

だが、訪れる客からすれば、そんなことは関係ない。同じ本は別の書店でも買える。また足を運んでもらうためには、本の魅力以外の「何か」が必要なのだ。

「ただ、自分が思ってる『精一杯』って、大抵は、世間から見たら足りないと思うんだ……笑顔に限らずね。でもさ、たかが笑顔の差で他の本屋に行かれたら悔しいだろ？　だって、ここには岡本くんが手がけたＤＶＤだって売ってるんだから」

岡本はうなずく。

「……そうですね」

「でも、心がけだけじゃ無理なんだ。急に走ろうとしても足の筋肉が反応しないのと同じで、表情も急に変えるのは無理。普段の練習が肝心なんだよ」

そう言うと、一音は両手の人差し指を自分の唇の端に当てた。

「真似して」

「え……ここで、ですか？」

岡本は怯《ひる》み、周囲を見渡す。

「誰もいないよ。お客さんがいたら、俺だってやれなんて言わない。ほれ……二十七の俺がやってんだから……」

恥ずかしいのだろうが、目の前で先輩がやっているのだ。従わないわけにいかない。渋々ながら、岡本も唇の端を指で押した。

「ぐーっと上げて……それじゃ、顔のツボを押してるだけだよ」

「こ……こうですか?」

言われたとおりに上げたつもりらしいが、まだまだ甘い。

「はい、もっとぐううーっと」

頰の筋肉が上がる。恐らく、笑顔というより歪《ゆが》んでいるようにしか見えないだろう。だが、最初はそれでいい。「これぐらい肉を上げる感覚でなければ、笑顔にならない」と言いたいのだ。

「顔が硬いの、わかる?」

「はあ……痛いです」

「強張《こわば》ってんだよ」

一音はぐううーっと肉を押し上げた。岡本も負けじと頑張る。

「向後さん……変な顔です」

「知ってる。はい、離して……」

文房具や領収書帳など、細かなものが置いてあるカウンター下から、一音はスタンドミラーを取り出す。

常に外見に気をつけられるように……と、そこに置くようにしたのは一音のアイデアである。

鏡のある洗面所などでの身だしなみのチェックは誰でもやるが、もっとも注意しなければならないのは無意識のときだからだ。

「笑ってみて」

岡本の前に差し出し、背後から笑顔をチェックする。

「はい……」

岡本は唇をイイーっと開いた。

「我慢大会みたい」

「……ですね」

「んー……普通に笑ってみて」

指示を受け、岡本は笑みを作る。しかし、笑っているようにはまったく見えなかった。これには岡本本人が衝撃を受けたらしい。

「え……いつもこんな感じなんですけど……笑顔の要素、全然ないですね……えー、こう見えてるんだ……」

「な、伝わってないだろ？　つまり、わざとらしいぐらい笑ってみて、初めて他人からは『笑ってるな』って見えるんだよ」

「でも、わざとらしいのって、キモくないですか？」

「それよ」と一音は岡本の肩を叩いた。

「だから、日々の訓練が重要なのさ。いちいち鏡でチェック……なんて無理だろ？　タレントやモデルはトレーナーに教えてもらってる。それに、スマホの自撮りなんかもいい練習になるんだよ」

「なるほど……」

思い当たる節があるのか、岡本は難しい顔で考え込んでいる。

これまでの自分のセオリーに疑問が湧いたとき——それは自分を変えるチャンスだ。もう一押しの秘策……誉める。重要なのは「その気にさせる」ことだ。

「カッコいいんだからさー、持ってて損はないスキルだと思うけどなあ……」

「いや、そんな……」と謙遜しつつも、その気になってきたらしい。すかさず、再び指で顔の筋肉を上げ、目を開いて……と練習をする。

「……うん、まだぎこちないけど、さっきよりは断然いい！　歯並びもきれいだから、歯が見えるぐらいでいいよ」

「そうですね」

違いがわかり、自信がついてきたのか、岡本は自分で鏡を持ち、右、左……とチェックする。

「目を笑わせるのって難しいですね。作り笑いっぽくなる」

「作り笑いでも、やらないより百倍マシ。演技だよ、演技。モデルや俳優になった気分でいいんだよ」

一音はにこっと笑い、すぐに表情を戻した。岡本は大笑いする。

「うわー、あざとい！　向後さん、顔が整ってる分、落差が……」

「あ、今の顔の感じ！　超いいよ！」

「へ？　え？」

岡本は鏡に向かって再現すると、エプロンのポケットからスマートフォンを差し出した。

「向後さん、やってみるんで、写真撮ってもらえますか？」

「もちろん」

よっしゃ！と一音は心の中でガッツポーズを取り、スマートフォンを岡本に向けた。

「はーい、笑って……お、いいねえ……」

一音が「書店部」に引き抜かれた理由は店内の企画のよさもさることながら、こうした接客教育適正を認められたからだった。

特に専門的な勉強をしたわけではなく、接客のアルバイトで売れる店、失敗する店を見てきて、その違いがなんとなくわかった。商品の良し悪しは別にして、上手くいっている店は店員が明るく、清潔感があった。といっても、過剰な親切や押しつけがましい態度は必要ない。自宅や家族に求める「心地よさ」レベルで十分なのだ。

しかし、これが意外に難しい。当たり前のことは努力によって成り立っているという事実は気づきにくいし、気づいても努力しづらい。心がけているのは、実はモデルや俳優ではなく、「おかあちゃんの笑顔」だ。母親が明るい家は、家族も明るい。

「ありがとうございます……これを見て、毎日練習します」

画面に映った会心の笑顔に、岡本もまんざらではなさそうだ。

「あの、すみません……」

初老の女性がメモを片手に、心細そうに声をかけてきた。

「あ、はい」

岡本が答えた。一音はそっと踵《かかと》を蹴る。岡本はハッとし、笑顔を向けた。

「いらっしゃいませ。何かお探しですか？」

今まで出なかった言葉が自然に出る。しかもトーンが明るく、声に張りがあった。

「この雑誌を探してるんですけど……バックナンバーがあるって聞いて……」

「ございます」

女性のメモを見ると岡本はカウンターを出て、「あちらです」と女性を案内した。一音はふっと息をつき、元いた「復刻フェア」コーナーへ戻った。

「誠覧堂書店」では、出版社経営の強みを生かし、様々な企画やフェアを催している。提案やリクエストは全社的に自由に出すことができ、人気を博していた。

これまで話題になった企画に、客の投票で決める「キャッチコピー対決！」がある。本の帯のキャッチコピーを異なる編集部の社員が作って優劣を競うというもので、編集者魂に火が点いたのか、社内外で大いに盛り上がった。また、本の感想を投稿すると同じビル内にある「ライブラリー・カフェ」の割引クーポンがもらえる「読書とお茶の会」も、定期的なフェアとして好評だ。

そのカフェで、雑誌に掲載されている新作スイーツメニューを提供する……という企画も口コミで評判になった。何を隠そう、これを提案したのが一音だ。スイーツと本、好きなものを一緒に楽しみたい、という単純な思いつきがきっかけだった。

もちろん、この「復刻フェア」もじわじわと人気を集めていた。欲しかった、探していた――そんな感謝の声を聞く度に、心からの笑顔になれる。

また何か、社員もお客様も喜べる企画が作れないかな――そんなことを考えながら、一音は本棚を整理していく。

一音は誠覧社ではかなり珍しい、地方大学の出身だ。接客もスイーツも好きだが、それ以上に本が好きだった。人生は一度きり。どうせ出版社を受けるなら……と思い切って入社試験にエントリーし、見事合格。それを機に上京した。ところが、配属されたのは経理部だった。

どんな会社でも、骨子となる事業ではなく、組織運営そのものに従事する社員がいなければ回らない。総務も経理もそうだ。

出版社勤務を希望する学生の大半が、編集者を目指している。そして入社が決まれば、編集部所属になると思い込んでいる。いや、そんなことはないとわかっている者も多いのかもしれないが、一音がそれに気づいたのは辞令が出た後だった。

面接で愛想の良さと柔軟な感性はさんざんアピールした。それを買われての合格だと思っていた。入社後の研修でも誉められた。

ところが、配属はまさかの経理。営業ですらなかった。

経理という職務内容について、ケチをつけるつもりはまったくない。職場の雰囲気もいいし、いい先輩や同僚に囲まれている。自信を持って「誠覧社の社員です」と言える。しかし、やはり「本に携わる仕事」がしたかった。作るのは無理なら、営業でもいい。その気持ちはどうしても消えず、異動希望も出したが受理されなかった。

三年が過ぎ、地元へ戻って転職することも考え始めた頃、新しい社長が就任し、「誠覧堂書店」の計画が発表された。

チャンスだ、と思った。すぐに有志で結成された「誠覧社ブックストア制作委員会」に参加し、オープニングスタッフにも名を連《つら》ねた。どんなものでも、0から1までを作るのがもっとも大変だが、憧れの「本に携わる仕事」だ。どんな苦労も楽しかった。

やがて「誠覧堂書店」は軌道に乗り、一音は経理に戻ることになった。その頃から、「誠覧堂書店」には統括する部署が必要だという意見はあったが、一音の心は転職に向けて動き出していた。

しかし、書店部が作られることになり……今、ここにいる。企画を立て、他部署の社員に笑顔の指導をし、本を売っている。人生は不思議なものだと思うが、ここがゴールだとも思っていない。

「う?」

本を棚差しにしていると、まぶたがぴくぴくと動いた。

一音には妙なクセがあった。半径二メートル範囲内に猫がいると、まぶたが痙攣《けいれん》するのだ。猫好きと関係しているのか、それともただの偶然か、原因は不明だが、かなりの確率で当たる。ちなみに猫の毛がついている人間が近づいてきても何も起こらないので、アレルギーではない。

姿が見えないなーと思っても、数分後にとんでもないところから出てきたり、鳴き声だけが聞こえてきたりするので、友人の間では「猫センサー」「猫寄せ魔人」などと呼ばれている。そして、一部の悪友連中からは「童貞をこじらせた呪い」と揶揄《やゆ》されていた。いまだに無関係だ！と言い切れないところが悔しい。

それはともかく。

ぴくぴく、ぴく――おかしい。店内に猫がいるはずがない。

誤作動かと思いつつ、一音は一冊を手に取る。戦後、いくつかの名店を渡り歩き、伝説と呼ばれた実在のバーテンダーの生き様を綴った『真夜中の波』。復刻シリーズの中でもじわじわと人気が上昇している本だ。

帯には「漂う。されど呑み込まれず。」というキャッチコピーが躍っている。

カッコいい。読んでみようか。その前に「ロングセラー」というポップを添えよう……などと考えながら、ディスプレーラックのフラップ扉の上に置く。

と、一音の手の甲に横から伸びてきた指が触れた。

「あ」

これは……男なら一度は憧れる、「同じ本を取ろうとして恋に落ちる」シチュエーションじゃないか！　書店員と客でもいいはずだ。しかも、こんな本を選ぶなんて、ステキなお姉様に違いない――。
ドキドキしながら、一音は横を見た。
そこにいたのは美女ではなく、男だった。
がっかりするのと同時に、びっくりする。大きいのだ。百七十五センチの一音でも見上げる
……ということは百九十近いだろう。無造作に流している髪はやや長めで、ウェーブがかかって
いた。その髪も眉も目も色素が薄い。日本《にほん》以外の血を感じさせる。
服装は洗いざらしの白いシャツにセーターを重ね、その上からレザーのライダースジャケット
を羽織っていた。ボトムはやや緩めのデニムにスニーカー。シャツの裾を出しているが、だらし
なくない。気取らない装いに見えるが、ファッション上級者といっていい。
モデルだろうか、と見惚れる。ハーフの人間は全員がそういう仕事をしている、という根拠の
ない先入観だった。
「すみません」
「あ……いえ、失礼しました。どうぞ」
一音はすっと一歩下がる。
男は軽く会釈をし、『真夜中の波』を手に取った。カバーをしげしげと眺め、感激の面持ちで
つぶやく。
「はー……ずっと読みたかったんすよ、コレ……よかった……」

一音を見て、男は空いている手を差し出した。導かれるように一音が手を出すと、大きな手にぎゅっと握り締められた。

「ありがとう」

強い力だが、痛くはなかった。

「復刻してくれて感謝します」

スケールの大きさを感じる、まるで太陽のような笑顔が花開いた。

野性的な美貌の持ち主だ。それは間違いない。ところがこの微笑みが「美しさ」に魔法をかけ、金色の輝きを与えるのだ。理想の笑顔、笑顔の中の笑顔、キング・オブ・笑顔――正に、破顔一笑だった。

「い、いえ、こちらこそ……」

ひどく誇らしい気持ちで、一音はぼーっと男を見つめる。そう、誇らしいのだ。王様に誉められたら、こんな気分になるのではないか。

「喜んでいただけて嬉しいです。担当編集者から著者に伝えてもらいます」

「ぜひ。ええと……レジは？」

「あ、あちらです」

手を離され、淋しく感じながらレジを示したとき、一音は帯に破れを見つけた。

「お客様、ちょっと……そこが……」

「え？」

男は一音の指摘を受け、本を見つめる。

「ああ……」

「申し訳ありません。新しいものを今、ご用意します」

一音はフラップ扉を開けたが、そこに『真夜中の波』は一冊もなかった。平台下の引き出しにもない。

「あの、それでもいいっすよ」

男は言った。しかし、一音は首を横に振る。

「いいえ、あるはずです。少々お待ちください」

一音はエプロンのポケットからスマートフォンを取り、本のバーコードを読み込んだ。在庫がどこに、いくつあるか、わかるのだ。

「へえ、今ってそんなことができるんだ」

男は感心する。

「スキャナーほど速くないので、あくまでも応用ですが……」

しかし、画面に現れた在庫数によれば、ここには一冊しかないことになっていた。つまり、今見ている一冊だ。残りは倉庫だが、それは都内の別の場所だった。

「お客様、在庫はあるのですが、今ここにあるのはその一冊だけでした。お時間をいただければ取り寄せて――」

「ああ、いや、それでいいです。帯とか、あんまり気にしないんで……」

「そうですか？　申し訳ありま――」

そこまで言いかけ、一音は気づいた。

隣の本社ビル内なら、在庫があるはずだ。在庫にカウントされていないかもしれないが、担当者の手元には見本と予備の帯があるだろう。

「お客様、ございます。もし、少しお時間をいただけるなら、これからひとっ走りして代わりの帯をお持ちします」

一音の説明を聞き、男は驚いて恐縮する。

「え、いやいや、そこまでしてもらわなくてもいいっすよ。読めればいいんだし……それに俺、これから仕事なんで」

時刻は夕方だ。これから仕事？　一体何を――やっぱりモデル？　いや、それはどうでもいい。

余計な詮索だ。

「そうですか……」

客が必要ないと言っているのだ、食い下がるのは自己満足かもしれない。だが、一音は握手までしてくれた男にもっと喜んでほしかった。

「あ、それでは、こうしましょう。私が新しい帯を用意しておきます。送らせていただくか、ご都合のよろしいときに、またこちらに寄っていただければ……」

これでも要らないと言われたら、潔《いさぎよ》く引き下がろう。今は自宅の場所を知られたくないという人間は多いし、職場はここから遠いのかもしれない。

「あー……そこまで言ってくれるなら、また寄ります。仕事場、近いんで」

男はまた、にっこりと微笑んだ。一音はホッとする。

「承知しました」

一音は名刺を取り出し、男に渡した。

「向後と申します。私が不在の場合でも、他の店員に『この本の帯を取りにきた』と言っていただければ、わかるようにしておきますので」

「向後さんね……ありがとう」

男はうなずき、本を手にレジへ向かった。

見送る一音のまぶたが、またぴくぴくと動いた。顔面神経痛？　眼精疲労？　特にストレスは感じていないけど、マッサージにでも行ったほうがいいかもしれない。

空になったフラップ扉に別の本を飾るべく、引き出しを開ける。そのとき、数メートル先の床に何かが落ちているのが目に入った。近寄ってみると、ハンカチだった。

一音はそれを拾い上げる。さっきはこんなものはなかった。誰かの落とし物だろうか――。

あの男性客のものかもしれない。いや、きっとそうだ。

急いでレジに視線を送ったが、男の姿はもうない。一音はハンカチを掴み、店の出入り口へ向かった。まだ近くにいるかもしれないと思ったのだ。

自動ドアの外へ走り出て、道路を見渡す。右、左……いた！

大声で呼んだが、男は気づかない。自分のことだとは思っていないのだろう。

五時前だったので、まだ通行人は少ない。一音は駆け寄り、男の前へ走り出た。

「お客様」

男は驚きの表情で一音を見下ろす。

「これ、お客様のものでは……」

息を切らし、ハンカチを差し出した。

「ああ……」

男はうなずく。

「え、どこに？」

「店内に……」

「あー、財布を出したときに落ちたのかも……え、追いかけてきてくれたんすか？　わざわざありがとう！」

男はまた一音の手を握り締め、強く振った。

笑顔を忘れない。挨拶ははっきりと。

一音はこの男から目が離せない理由がわかった。接客に必要なふたつの事柄が身についているからだ。しかも、その笑顔は爽やかで魅力にあふれている。

「いえ、間に合ってよかったです……」

一音の言葉に目を細めると、男はジャケット、デニム……と何かを探し、角の折れたカードを引っ張り出した。

「くしゃくしゃで悪いけど……」

名刺だった。

「獅子戸《ししど》です。帯、必ずもらいに行くんで」

「ありがとうございます。頂戴します」

「獅子戸　猛《たける》」という名と電話番号、メールアドレスだけが印刷された、シンプルなものだ。私的なものなのか、個人事業主なのか。いずれにせよ、依然として職業はわからなかったが、謎めいた感じが雰囲気に合っていると思った。

「お仕事、行ってらっしゃいませ」

一音の笑顔に、男もまた笑みを返した。

「行ってきます」

一音は頭を下げ、背中を向けた。歩き出すとすぐ、またまぶたが痙攣した。

猫。どこかにいる。

なんとなく振り返ると、確かにいた。一匹……と、見る間に二匹、三匹と増える。それだけではない。彼らはさっきの男に追従するかのように、距離を置いて進んでいくのだ。

何かの見間違いかと思っていると、男が視線を背後に向け、追い払うように手を振った。猫たちは動きを止めたが、また歩き出す。

気のせいじゃない、と思った。あの男についていってるんだ……。

「……？」

一音はそこに佇《たたず》み、男と猫たちの姿が見えなくなるまで、その不思議な光景を追っていた。

2

「三十四円のお返しとレシートです。ありがとうございました」

客に向かって頭を下げた一音は、レジカウンターを出た。新しく作られた期間限定の企画コーナーへ向かう。

十二月に入り、年明けまでの一ヶ月の予定で始まったのは『犬と猫の物語』だ。

あえて特集などしなくても、犬猫関連商品は常に売れ筋だ。フェアを行えば、いつも以上に売れるのはわかっている。一音自身、本、スイーツに並べるほど猫が好きだ。

そこで一音は他の社員と相談し、自社の出版物の中から、犬や猫が物語に重要に関わる、もしくは主人公の、小説や漫画作品――できれば、あまり知られていないもの――を集めることにしたのだ。「ライブラリー・カフェ」でも犬と猫をモチーフにしたスイーツが登場し、すでに話題になっていた。

商品を補充していると、まぶたの震えを覚えた。一音が確信を持って視線を送った先には、襟元にマフラーをぐるぐる巻き、手を振る男がいた。

やっぱり、と一音は微笑む。

「いらっしゃいませ」

ハンカチの一件以来、獅子戸はちょくちょく店へ足を運んでくれるようになった。『真夜中の波』のきれいな帯も、再来店時に無事に渡すことができた。

「こんにちは……いや、もう『こんばんは』か。この時間帯は挨拶に困るよ」

「どちらも間違いじゃないと思います。大切なのは、挨拶を口にすることだと思うので……」

「確かに」

獅子戸が来るのはいつも夕方だ。真冬の午後四時はもう日が傾き、夜を引き連れてくる印象がある。しかし、その笑顔は闇とは裏腹にいつも明るい。

「寒いですね」

「うん。『犬と猫の物語』……か。面白い本、ある？」

デニムのポケットに指先を突っ込み、獅子戸は尋ねた。

「つまらない本は置いてません」

親しくなったからこその軽口に、獅子戸は笑った。

「そりゃそうだ。レストランと同じだな。オススメは何？　勧められないメニューなどございません……ってね」

「お好きですか、猫とか……」

カマをかけるように、一音は質問に質問を重ねてみる。

これまで獅子戸が店を訪れた際、まぶたのぴくぴくは必ず起きていた。そして店を出た後をこっそり追ってみると、やはり必ずといっていいほど、獅子戸の後ろに猫が寄ってきていた。

何かある。それが何かはわからないが、間違いなく、何かある。いや、何かいる。

「いや、別に……むしろ苦手かな」

「あん――」

あんなに猫を引き連れてるのに！と叫びそうになった口を、一音はぐっと閉じる。

「あんこ？」

獅子戸はマフラーを解き、首を傾げた。

「いや、あの……僕自身が本と猫と甘いものが好きなので……」

話に脈絡がないが、笑顔で押し切る。獅子戸は受け入れてくれたらしい。

「本と猫と甘いものか……可愛いね」

「え……そ、そうですか？」

くすぐったい。獅子戸のような男に言われ、ドキドキしない人間がいるだろうか。

「向後くんじゃなくて、本と猫と甘いものがね」

「ああ……ですよね」

がっかり感があからさまだったのか、獅子戸はまたおかしそうに笑った。

「猫、飼ってるの？」

「いえ。たまにノラや、友達の飼い猫と遊ぶぐらいです。実家にはいますけど……」

頑張れば飼えないことはない。しかし、ひとり暮らしで会社勤め……ともなれば、日中は猫だけになる。金もかかる。何より、命を預かるということの責任の重さはよくわかっていた。

「責任持って、きちんと面倒を見られるようになるまでは飼いません。まだまだ、自分の面倒だけで精一杯ですし」

「なるほど……」

なぜか、獅子戸の顔に安堵の色が浮かんだように見えた。

「甘党なのか。酒は？」

「飲めなくはありませんが、あまり強くないですね」

「ふうん」

「……オタクっぽいですよね」

「そんなことはないと思うけど……そもそも、オタクに明確な定義があるのかどうかもよくわからないから」

微妙な間が広がった。一音は慌てて一冊の小説を手に取る。

「これ、面白いですよ」

「へえ……じゃあ、買うよ」

「え！」

　カバー裏のあらすじを読みもせず、獅子戸は言った。

「聞いたことのない作家だけど、向後さんのオススメは外れないから。前の二冊も面白かった」

「あ……ありがとうございます」

「書店員さんにさ、俺のぶっちゃけ意見、言っていい？」

「あ、はい。どうぞ！」

「俺はさ、すでに売れてる本は、別にもう勧めてもらわなくても……って思うんだよな。初心者の入り口なら、そういうものは最適なんだろうけどさ。勧める気持ちに嘘はないとしても、今の時代、売れ筋情報は勝手に入ってくる。でも、埋もれてるものは、素人には探しようがない。だから、ディープな本好きが『絶対にいい！』って強烈に推《お》す、埋もれた名作に出会いたい」

「ガイドブックに載ってない旅の名所……みたいな感じですか？」

　獅子戸はポンと手を叩いた。

「それ。勧める側と受け取る側の相性もあるだろうけどさ、それこそが、現実の書店に足を運ぶ意味じゃない？　本をきっかけに未知の世界へダイブしたいんだよ、俺は」

　獅子戸はワクワクした表情で、白い歯を見せた。話をしているこちらまでワクワクしてくる。冒険者、という単語が浮かんだ。

「わかります。僕もそういうものに惹かれて出版社に入ったので」

思わず、心情を吐露してしまう。

「いろんな考え方があると思うけど、俺はこの書店のやり方には賛成」

獅子戸はニコニコしながら続けた。

「自社の作品だけ取り扱う……ってのは通販では多いけど、実際の書店ではない。あるのかもしれないけど、俺はここしか知らない。だからって手前みそに陥らず、ディープに掘り下げて、昔の作品にも光を当ててる……面白いよ。脚下照顧《きゃっかしょうこ》だな」

「ありがとうございます」

コンセプトを理解し、愛してくれる人がいる――一音は嬉しくなった。脚下照顧の意味は、後で調べよう。

「でも、僕も獅子戸さんから教えていただいたんですよ。『真夜中の波』、とてもよかったです」

「あ、読んだんだ」

「はい。酒やバーには詳しくありませんが、ひとりの男の真摯《しんし》な生き方が……自分はこういうふうに生きられるかな、生きてみたいなって、胸に突き刺さりました」

「そうそう、ちょっと憧れるでしょ。本人にすれば、ああいう生き方しかできなかったってだけかもしれないけど……選択肢のない生き方って、不自由とは限らない、考え方によっては自由なのかもしれないって思えた」

一音は獅子戸自身と彼の言葉に引き寄せられた。尽きることなく、エネルギーと魅力が内側からあふれ出す――そんな男が目の前にいる。

「それが確認できて、本当によかった。名著だって噂は聞いてたから、古本屋でもさんざん探したんだけど見つからないし、電子書籍にもなってないし……」

「はい、復刻できたことを誇りに思います。あれはそういう本です。そして、それを獅子戸さんが教えてくれたんです」

「そんな……」

お互いに、照れたように見つめあう。

「また……教えてください」

「え、俺が？」

一音の頼みに、獅子戸は豪快に笑った。

「書店員さんにそんなことを言われるなんて……人生、面白いな」

「いくら書店員でも、すべての本を読み尽くすことはできませんから。それに、お客様は読書のプロです」

「そっか……じゃあ――その代わりってわけじゃないけど……」

獅子戸は本を他の本の上に置き、肩にかけていたリュックから手帳を出した。目的はその中に入っているカードだったようだ。

「うちにも来てよ」

それは以前もらった名刺ではなく、ショップカードだった。

「『Ｂａｒ　レグルス』……近いですね」

一音は視線をカードから獅子戸に移す。住所は「誠覧堂書店」から駅を挟み、反対側の繁華街の外れあたりだ。距離にして五百メートルといったところか。営業時間は午後五時三十分から、深夜一時まで。

「獅子戸さんのお店ですか？」

獅子戸は首を横に振った。

「オーナーじゃない。バーテンダー兼雇われマスター」

「ああ……それで……」

いろいろと辻褄が合う。夕刻に現れ、ラフな服装で出勤していくこと。『真夜中の波』を探し続けたこと。理想の笑顔を持っていること。

「酒は強くないってさっき言ってたけど、強くなくても楽しめるよ。酔っぱらうだけ、度数だけが酒の醍醐味じゃないってこと、教えてやる。酒の世界にダイブしにこいよ」

いつもと変わらぬ明るい口調と表情ながら、「こい」というややワイルドな誘い文句にときめく。大人の男、人生の先輩という印象を獅子戸から受けるからだろうか。

「冒険……ですか？」

「かもな。薬にも媚薬にも、人生を破滅させる魔物にもなるアルコールの世界へようこそ——なんてね、冗談。無理に飲ませて稼ぎたいわけじゃない。単純に、バーという空間を愉《たの》しむのも面白いよってこと。そういうお客さんも多いから……あの本に感動したなら、軽い気持ちで遊びにきてくれたら嬉しいな」

「はい……近いうちに」

うなずきつつ、困ったなと一音は思った。「飲めなくないが、強くない」というのは断るための嘘だった。正直、実際は強い――と思う。思うというのは、記憶がなくなるとかダウンするまで飲んだことがないから、体感としてわからないのだ。ただ、酔うという感覚を得た経験がない。酒を美味いと思えないので、時間や金を費やしてまで飲む気になれないのだった。

「おっと、そろそろ開店準備をしないと」

腕時計を見て獅子戸が言った。

「あ、すみません、お引き留めして……」

「いや、こっちこそ、手を止めさせて悪かった」

「とんでもない！　獅子戸さんのお話は楽しくて、時間を忘れてしまいます」

「じゃ、店へ来て。うちなら、いくらしゃべっても大丈夫だから。今度は俺がサービスするよ」

「……はい」

二度も誘われた。これは行くしかないか。自分が客の立場になるとちょっとやりにくくなるが、これも仕事だ。

「じゃ、これ、もらっていくよ」

「ありがとうございます」

一緒にレジまで行き、精算を済ませた。

そこで別れがたく、他に客もいなかったので、一音は出入り口まで見送る――というのは言い訳だった。また猫が来るのではないかと思ったのだ。

「ずいぶん、冷えてきまし――」

自動ドアを踏んで外気に触れたところで、ニャーと小さな生き物が登場。獅子戸の足元に座った。キジトラの猫だった。

「うわ！」

獅子戸は動揺した様子で、店内に下がる。すると、なんと猫も店内に入ってきたではないか。

「あっ！」

「おっと！」

「や～ん、猫～！」

「可愛い～！」

獅子戸と一音、居合わせた女性客らの声が混じりあった。慌てて追い出そうとするが、猫は動かない。獅子戸の前で前脚を揃え、背筋を伸ばし、まっすぐに獅子戸を見上げている。まるで主人の命令を待つ犬のようだ。猫に対して「犬のよう」はおかしいが、そう見える。

「ダメだよ、おい……」

仕方なく、一音はそっと猫を抱き上げた。嫌なのか、威嚇《いかく》するように牙を見せ、暴れる。

「こら」

獅子戸が諌《いさ》めると、とたんに猫は静かになった。

「悪いんだけどさ……そのまま抱いてて」

驚く一音に獅子戸は言った。

「え？」

「さっきも言ったけど、苦手なんだ。ついてこられると困るから、俺がいなくなるまで……五分でいいから」

やっぱり！と一音は思った。

猫がついてくるんだ。本人も自覚してるんだ……ワクワクが止まらない。

マタタビを扱う仕事か、あるいは魚屋か……と推理を巡らせたりもした。どっちも違うだろうと思っていたが、バーテンダーとは意外だった。

しかし、それならそれで、この人には何かあるんだ——絶対に、何かある！　なんだかわからないが、とにかく何かが！　その秘密を知りたい！

「わかりました！」

一音は興奮を抑え、上官の命令に従う兵士のようにビシッと答えた。

「ごめんね。じゃあ、また……」

「はい、ありがとうございました！」

猫と一緒に会釈をし、後ろ姿を見送る。

しばらく行ってから、獅子戸は振り向いて叫んだ。

「店に来てね！」

一音は笑顔でうなずき、小声で猫に話しかけた。

「来てってさ……どうしよっか……」

猫は鋭く「ニャ！」と鳴いた。「俺もつれてけ」と言われたような気がした。

「……うーん……」

＊＊＊＊＊

本を閉じ、一音はあくびをした。

終電も終わった深夜一時。仕事が休みだというのに、二十四時間営業のカフェの窓際の席に座っている。場所は「Ｂａｒ　レグルス」のすぐそばだ。

一音がこのカフェに来るのは、今日一日で二度目だ。

最初は午後四時。同じ席に座り、サングラスと帽子で変装し、獅子戸がやってくるのを密かに待っていた。そう、これは張り込みである。

一音は、猫を引き寄せる秘密をどうしても知りたかった。しかし、獅子戸に直接アタックしても、誤魔化されたらそこで終わりだ。それどころか、親しく話すチャンスすら失うかもしれない。それは困る。「Ｂａｒ　レグルス」に入り浸ることは、最後の切り札に取っておきたい。

というわけで張り込み、及び尾行を計画したのだ。

「Ｂａｒ　レグルス」のドアはナチュラルな白木で、一見すると小料理屋か寿司屋を思わせた。派手な看板は出ていない。スポットライトの下の壁に、四角い黒のプレートが貼られているだけだ。

「誠覧堂書店」へ来るのと似たような服装で、獅子戸は出勤。相変わらず、猫を数匹引き連れている。一音の観察によれば、猫は常連ではなく、毎回メンバーが違う。

と、隣に腰かけていた二十代前半と思しき青年がコーヒーの紙コップを手に出ていき、鍵を開けている獅子戸に近づいた。短く会話を交わしている。バーの従業員のようだ。

危なかった、バレるところだった……と一音は冷汗をかく。だが、青年は自分の顔を知らないので、無駄な緊張だった。

青年は慣れているのか、特に動揺も見せず、先に店内へ。残った獅子戸は扉の前で猫たちをじっと見下ろした。その間、数十秒。何かを話しかけているように見える。そして獅子戸が顔を上げると、不思議なことに猫たちはサーッと散っていった。それを見届け、獅子戸も扉の中へ消えた。

猫が集まること以上に、一音はその様子に驚いた。この間は主人の言いつけを守る犬のようだと思ったが、今の光景はまるで訓練された軍隊だと感じた。そう、ちょうど挨拶で獅子戸を見送った、あの日の自分に似ている。

五時半。開店時刻になり、スポットライトが灯った。黒いプレートの上の【Bar REGULUS】という文字が光を放つ。鏡を切り抜いてあるらしい。レグルス——獅子座。偶然か、それとも獅子戸の名前から来ているのか。

いずれにせよ、この先、閉店まで獅子戸が出てくることはまずないだろう。それまでここで待つ必要はないと判断し、一音は一旦、住んでいるアパートへ帰った。年中無休の書店部異動を期に二駅先に転居したので、再び出てくることに苦はない。

夕食を食べ、用事を済ませ、本を持って自転車で再びここに戻ってきたのは、日付が変わる頃だった。終電で帰れないこともさることながら、獅子戸の生態——もとい秘密を探るには自転車が好都合だ。入浴も考えたが、湯冷めによる風邪の危険は避けたかったのでやめた。

十二時半、ドアが開き、客が出てきた。獅子戸が見送りに立つ。最後の客なのかもしれない。

獅子戸は白いドレスシャツに蝶ネクタイ、黒のベストに黒のズボン……といういで立ちだった。絵に描いたようなバーテンダースタイルだ。髪は後ろで縛っている。

いつもとは異なる姿に、一音はドキドキした。長身ですらりとした体軀なだけに、華やかで色気がある。「バーという空間を愉しむのも面白い」という獅子戸の言葉がわかる気がした。彼自身もバーの構成要素なのだ。

ドアが閉まり、ほどなくスポットライトが消えた。

いよいよだ、と一音は気を引き締めた。トイレへ行き、冷えたコーヒーを捨て、帽子とマフラー、手袋を装着する。さすがにサングラスは危ないので、ボディバッグにしまった。

カフェを出て、近くの角に停めておいた自転車にまたがり、待機する。なかなか獅子戸は出てこない。だが、出てきてからでは遅いかもしれない。

白い息を吐きながら待つこと十分。ようやく青年、続いて獅子戸が出てきた。戸締まりをし、青年は店の脇の路地からバイクを引っ張り出してきた。

獅子戸が手を振ると、青年はバイクで店の向こうへと走り去った。獅子戸は駅の方角、つまり「誠覧堂書店」のほうへと歩き出す。

一音は息をひそめ、目と鼻の先を獅子戸が通り過ぎるのを待った。そして、静かに自転車を漕ぎ出した。

タクシーに乗られたら追いつけないかもしれないと危惧したが、なんと獅子戸は徒歩だった。しかし、これはこれで追うのに難儀した。いくら足が長いとはいえ、自転車のスピードよりは進むのが遅い。信号で離されても追いつけるのはよかったが、何もない道をのろのろとついていき、どこかで警官にでも遭遇したら、職務質問は確実だろう。

バレませんように、警官に会いませんようにと祈りながら、一音は後を追った。

獅子戸は「誠覧堂書店」、さらに駅を通過し、大通りから住宅街へと歩いていく。歩いて通える距離ということは、もしかしたら俺のアパートのご近所さんだったりして……何やってんだ、俺は……我に返りかけたとき、猫が現れた。

来た！と心臓が跳ね上がる。一匹、二匹……あっと言う間に一個分隊ほどの数になった。

これはホラーなのか、家族向けのコメディーなのか。獅子戸は餌でも撒きながら歩いているのか、あるいは特殊なフェロモンでも出ているのか。いやがうえにも脈は速くなる。

と、獅子戸の足が止まった。後ろの猫たちもピタッと止まる。

獅子戸は振り返り、「Ｂａｒ　レグルス」の扉の前でやったように猫たちを見下ろした。

「もう、お帰り」

一音は息を呑む。

もう、お帰り——確かに、そう言った。間違いない。

猫たちは静かに三々五々、暗闇の街に紛れ込んでいった。

獅子戸はふうっと息を吐き、その近くにあるマンションのエントランスへ入っていった。

獅子戸がオートロックのドアを抜けたことを確認し、一音は自転車を降りる。そしてマンション名を頭に刻み、再び自転車に乗って、元来た道を走り出した。

しゃべれるんだ！　猫と会話ができるんだ！　しかも、猫たちは獅子戸さんの言いなりなんだ

――一音は興奮してペダルを漕いだ。すごいぞ、大発見だ！　今見た光景と獅子戸の声が脳裏を駆け巡り、寒さも暗闇の不穏さも気にならない。

だが、気になる人間もいたようだ。

「あー、そこの人……ちょっと止まって」

大通りの交差点で、一音は呼び止められた。

「え？」

犬ならぬ、制服のおまわりさんだった。

3

「向後くんのポップさ、面白いよね」

「誠覧堂書店」の休憩時間。バックヤードでお茶やコーヒーを飲みつつくつろいでいると、元社員の葛城晋之介《かつらぎしんのすけ》が言った。

「え、そうですか？　どれが？」

「ポップの内容というか、発想が奇抜すぎる」

差し入れのおかきを摘まみ、葛城は笑う。

「だって、林みたいでさあ……あんなの見たことないよ」

葛城が言っているのは、ひとつの平台を占拠している本のすべてに立っている宣伝用の手書きカードのことだ。新刊ではないので、一音は一冊一冊に『××が好きな人に！』という小さなポップをつけてみたのだ。

「林というより、お子様ランチの旗ですよ」

葛城の隣でお茶をすすりながら営業部の同期、宮田勝典《みやたかつのり》が突っ込む。

「目立つだろ？」

「目立つけどさ、本が取りにくいったらありゃしない。どこの本屋もやんないよ、あんなの」

他の書店が絶対にやらないからこそ、やってみたのだ。もちろん、店長の許可は取ってある……呆れていたが。

おかきに伸ばした宮田の手を一音は叩いた。

「お前……こんなところで油売ってないで、書店へ行けよ」

「ここも書店だろ」

「お前には関係ないじゃん」

「落ち着くんですよねー、このバックヤード……」

宮田は一音の文句を無視し、葛城に話しかけた。

「みゃーた、葛城さんにすり寄るな。キモいんだよ！」

「聞きましたか、葛城さん。ひどくないですか？　結婚が決まった俺に嫉妬してるんですよ。醜いですよねえ……」

「違ーう！」

同期らしいふたりのやりとりに、葛城はケタケタと笑う。

葛城は誠覧社の元敏腕編集者だ。担当したマンガ『エンド・オブ・タイタス』を世界的ヒットへと導き、この「誠覧堂書店」「ライブラリー・カフェ」の運営資金は著者と彼が稼いだ……らしい。

ところが去年、家庭の都合で退職。今はフリーランスの編集者、ライターとして働きながら週に数日、「誠覧堂書店」でパートをしている。

葛城の編集者時代、一音は面識がなかったが、ハンサムで頼もしい兄貴分だという噂は聞いていた。まさかこのバックヤードでこんなふうに親しくなるとは思ってもみなかったが、噂は真実だった。獅子戸に似た雰囲気もなくはないが、獅子戸よりも都会派でスマートだ。

「はー……そろそろ戦闘開始しますか……」

宮田は筋肉のみっちり詰まった腰を上げながら、おかきを数枚摑んだ。

「お前――」

「じゃ、失礼します」

またも一音を無視し、宮田はわざとらしく葛城に挨拶をする。

「お疲れさん。頑張って」

「はい、行ってきます」

ラグビーで鍛えた逞しい身体を伸ばし、宮田は出ていった。

「まったくもう……」

むくれる一音を葛城は「まあまあ」となだめる。

「ここで働くようになって、営業部の苦労やありがたみがよくわかった。彼みたいに可愛げのある人材は大事だよ」

「可愛げ？　あの巨体で？」

葛城の言わんとしていることはわかる。宮田は風貌こそゴリラのようだが、腰が低く、卑屈にならずに人の心にすっと入っていくスキルを持っているのだ。

「可愛いじゃないか。だから、可愛い嫁さんを射止めたんだよ」

「むー……」

事実だった。嫁さんになる女性は「誠覧社」の三大美女のひとりと謳《うた》われる受付嬢だ。来年、ジューンブライドになることが決まっており、一音も披露宴に招待されている。

「納得いきませんよ……あんな美人を……しかも、ひとつ年上なんですよ」

一音の不満に葛城はまた笑った。

「歳は関係ないだろう」

「ありますよ！　憧れですよ……姉さん女房……」

「へえ、そうなんだ」

涼しい顔をしている葛城を、一音は横目で眺める。

美男で有能……羨ましい、妬ましい。誉められて喜んでみせたが、心では素直に喜べない。

小さな子を育てるため、キャリアと地位を捨てて退職したと聞いた。どうにもならない事情があるのだろうが、少ないチャンスにすがって経理から書店部へ異動した一音からすれば、理解できない。世界が認めるマンガを作家と共に育てたのだ。作品だって我が子じゃないのか？

もちろん、そんなことはおくびにも出さないが、モヤモヤしたものは残る。葛城本人がいい男だからこそ。

最初から宝を持っている人間は、その素晴らしさに気づかないものだ。努力をしても手にできない人間には、捨てる自由さえ持ち得ないというのに。

「……ポップの話ですけど……僕、センスありますかね」

醜い自分が嫌になり、一音は聞いた。嘘でもいいから、葛城の賛辞が欲しい。

「あるある！　先入観に囚われてなくていいよ」

葛城は膝を叩いた。

じゃ、どうして編集部へ異動できなかったんでしょう――答えようのないことを聞きたくなる。葛城も困るだろうし、聞いた自分が嫌になる。だから、聞かない。そしてまた、もやもやする。

「……ありがとうございます」

一音の表情から何かを読み取ったのか、葛城は落ち着いた声で言った。

「向後くんは力あるよ。ただ、その力に対して、うちの会社は小さすぎるんじゃないかな」

意外な指摘だった。

「え、でも……僕、地方大学出身なんですよ。育った町も小さいし……」

「関係ないよ。東京の企業がみんな大きいとは限らない。自分のスケールに合った会社を見つけるのって、自分に合う仕事を見つけるより難しいんじゃないかな……会社辞めて、そう思うようになった」

「はあ……」

「会社が使いこなせない才能を持ってる人間って、いるんだよ。雇う側の規格外だから、使い方がわからないんだよね。平均的じゃないから、持て余すってのかな。そういう人間は会社に長いこと、居座らない。すっと辞める。で、よそででかいことをやってのける」

「……葛城さんもですか？」

「俺の場合はちょっと事情が違うけど……向後くんはそんな気がするんだよな」

「でも……」

俺は編集者になりたかった。今もそう思ってる。そのチャンスがあるんじゃないかと諦め切れないから、まだここにいる。書店の仕事は楽しいけれど……。

「ごめん、今の向後くんを否定するつもりはないんだ。夢や目標を持って、努力するのは大事なことだから。ただ……そこにこだわりすぎて、他のチャンスや大事なものを見失わないでほしいなと思っただけだ。おっさん予備軍の男からのアドバイス」

「おっさんなんて……まだまだじゃないですか！」

「ありがとう。でも……そのうち、きっとわかるよ」

葛城は微笑み、立ち上がった。

その日、一音は閉店時刻の十時までのシフト勤務だった。明日は午後出社だ。タイムカードを押し、一音は気合を入れる。

よし、今日も張り込み――じゃなかった、観察だ。

今夜で三回目ともなれば、寒さ対策も職質対策も万全だった。自転車にまたがり、「Ｂａｒ　レグルス」へ向かう。

二回目は一回目と同じ結果だった。猫は獅子戸についていき、マンションの前で解散する。その獅子戸の行動から、秘密の謎を解く鍵は見つけられなかった。

今のままでは、これで手詰まりだ。もっと獅子戸個人と親しくなる必要がある。そのためにはやはり「Ｂａｒ　レグルス」へ行くしかない。だがその前に、決定的場面を写真に収めたかったのだ。

今日も今日とて、近くのカフェで暖を取りながら閉店を待つ。もう、獅子戸が暮らすマンションへの道はしっかり覚えた。さすがに深夜で危険なので、脇道を先回りはしないが、周辺の地図はしっかり頭に入っていた。わざわざここで待たず、マンションの近くで待ってもいいのだが、周囲に長居できる店がない。夏ならまだしも、真冬にそれはきつかった。

十二時半過ぎ、あの青年が出てきた。そしてバイクに乗り、去っていった。いつもより早い上がりだ。客がいないので早じまいか。もしくは、何か用事があるのかもしれない、とそのまま待機する。

その数分後。扉からバーテンダー姿の獅子戸が出てきた。まっすぐにこのカフェに向かって歩いてくる。一音は慌てて帽子を被り、下を向いた。コーヒーでも飲みたくなったのだろうか。それとも客に頼まれたとか。

カフェの自動ドアが開き、チャイムが鳴り響いた。ドキドキしながら、一音は本を読んでいるフリをする。

「向後さん」

ビクッと肩が動いてしまった。手にしていた文庫本が床に落ちる。じっとしていると、獅子戸が本を拾い上げた。

「……風邪引くよ。ここから自転車でノロノロついてくるんじゃ、余計にね」

嫌な汗が、帽子の下の額に一気に噴き出る。

どうしよう、バレてた、バレてた……。

「すっ……すみません！」

一音はスツールを降り、頭を深く垂れた。

「ごめんなさい、あの……あの……」

「……ストーカー？」

獅子戸の訝《いぶか》し気な声に、一音は顔を上げる。

「え?」

怒っているふうには見えなかった。困惑しているようだ。

「だって、どう考えても——」

「違います! そんなんじゃありません!」

カフェにいた客は少なかったが、その分、声は筒抜けだったようだ。視線が一気に集まる。

「とりあえず……うちの店へ行こう」

「あ……はい……」

一音はバッグやマフラーを手に、獅子戸の後ろにくっついてカフェから「Bar レグルス」へと移動する。気分は逮捕、連行だ。

「何やってんの? まあ、なんとなく予想はつくけど……」

カウンターに隣りあわせに座り、獅子戸が尋ねた。目の前には湯気が立ち上る、持ち手のついたグラスがあった。温かい紅茶を淹れてくれたのだ。

店内はカウンターが十席、二人用のテーブル席が三つあった。広さを考えれば、もっと席を用意できたろう。しかし、ゆったりとした空間を重視したらしい。バーというとよくいえばしっとりとした、悪くいえば湿ったようなイメージがあったが、ここは違った。落ち着いた、居心地のいい店だ。

「さっきも言ったとおり、ストーカーじゃありません」

「それはさ、やった側が決めることじゃないよ。やられたほうが決めること」

一音はハッとする。そのとおりだ。こちらの言い分は通用しない。

「そうですね……すみませんでした。本当に……」

「怒ってないから、それ飲んで。あの店、寒いだろ？」

獅子戸の声が柔らかくなる。一音はうなずき、紅茶をすすった。熱くて美味かった。

獅子戸は前回……つまり二回目の追跡から気づいていたという。理由はともかく、危ないからやめさせたいと思い、直談判に及んだらしい。獅子戸の優しさが紅茶と共に胸に沁みた。

「あの……猫ちゃんたちが獅子戸さんにくっついていくのを偶然見て……興味が湧いて……」

「やっぱり、それか」と獅子戸はため息をついた。

「何か、秘密があるのかと思ったんです。それを知りたくて……」

「直接、聞いてくれればよかったのに」

「そうなんですけど……自分の目が信じられなくて。気のせいだよ、頭が変になったんじゃないのって言われたら……」

「そうだな。聞いたら多分……気のせいだ、疲れてるんだ、病院へ行けって言ったろうな」

「やっぱり！　そうですよね……そりゃそうだ……」

落とした肩に、獅子戸のくすくす笑いが落ちた。一音は顔を上げる。

そこには獅子戸の笑顔があった。安堵すると同時に、急に涙がこみ上げた。

「――ごめんなさい、本当に……」

「泣くなよ。怒ってないって言っただろ？」

獅子戸が差し出したカウンター上のナプキンを受け取り、うつむいて涙を拭う。

「ありがとうございます。猫のことはもういいです」

「え、いいの？　ここまでやっておいて？　そりゃないだろ」

「だって、獅子戸さん……獅子戸さんに嫌われたら――」

「あのさ、向後さん……」

「正直に言うべきでした！　でも、変な奴だって思われたら、もう獅子戸さんには会えないと思って……結果的に、もっと変な奴になっちゃって……バカですよね……」

嘘ではなかった。秘密を探りたいという欲求もさることながら、獅子戸ともっと親しくなりたいと願っていたことに気づいたのだ。これほど魅力的な男との関わりを失いたくない。

「まったく、もう……困ってるのは、俺なんだけど」

ぽん、と頭を叩かれ、涙の粒が落ちた。

「ですよね……すみません……」

自分勝手な行動がバレて、困らせた。迷惑をかけた。この上、やめるから友人でいてほしいなんて、どの口が言えるだろう。

「いや、君のことじゃなくてさ……猫にまとわりつかれること」

「……へ？」

獅子戸は腕組みをし、苦虫を噛み潰したような顔をしていた。

「昔っからあったんだけど、二十五ぐらいからひどくなってさー……対処法が見つからないんだよね」

「昔から……というのは……」

「その前に……腹減ったな。そっちは？」

「え、あの……」

「ピザ頼もう。一緒に食ってよ」

そう言うと獅子戸は一音の返事を待たずにスマートフォンで注文し、店じまいに取りかかった。

手持ち無沙汰だった一音も掃除や片づけを手伝う。

すべてが終わる頃、ちょうどピザが届いた。迷惑料ということで、代金は一音が強引に払った。

飲み物は、獅子戸が店のトニックウォーターをごちそうしてくれた。

「この時間に食うと太るんだけど、いいよな」

テーブル席に向かいあって座り、獅子戸は言った。すでにバーテンダースタイルではなく、Vネックの白いTシャツの上から黒と茶のチェック柄のネルシャツを羽織り、下はチノパンツという格好だ。体格のいい美形が着るとネルシャツもセクシーなアイテムになる、というお手本のようだ。

「久しぶりです、ピザ……ひとりだと多すぎて、なかなか頼めないんで」

「言えてる」

「あ、その前に……獅子戸さんっておいくつなんですか？」

個人的なことはほとんど知らない。知らないのに、いや、知りたいからこそ職場から家まで後をつけたのだ。ストーカー以外の何者でもない。今さらながら、一音は自分の振る舞いの非常識さに寒気がした。

「三十」

「え！」

さらりと答えられ、一音は驚きの声を上げた。

「……それ、どういう『え！』なの？」

「ええと……」

自分でもよくわからなかった。

「……すみません、特に理由なく言っただけです。でも……強いて言うなら、もっと上かと思ったのかも。大人っぽいし、落ち着いているから」

獅子戸は諦めた顔でうなずき、ピザにかぶりつく。

「老けてるってことね。まあ、いいよ。二十歳ぐらいからこんな顔だから」

「いや、俺が二十七なんで、それに比べれば……ってことです。羨ましいです」

「へえ、二十七か……確かに、顔だけなら大学生でも通るかな。でも、態度を見てたら違うってわかったよ。きちんとしてるから」

「ありがとうございます」

ようやく気持ちが和らぎ、一音もピザに手を伸ばした。ひと口齧り、質問を続ける。

「失礼かもしれませんけど……獅子戸さんってハーフですか？」

「いや」と獅子戸は首を横に振った。

「ひいじいちゃんがイギリス人ってだけ。親戚にもたまに色素が薄い奴が出たり、出なかったり……みたいな感じ。俺も小さい頃は直毛だった。こんなふうにうねり始めたのは、思春期に入ってからだよ。法則がよくわからないんだよな……遺伝子って不思議だな」

「はあ……でも――」

「ガイジンっぽい？」

一音は笑った。

「ええと……外見と中身がぴったり一致してるって感じがします」

「何、それ」

「上手く言えないんですけど……大らかで、豊かで……広がりがあるというか……」

「髪も広がってるしな」

ふざけて頭を振り、獅子戸はウェーブのついた髪を揺らして見せた。仲直りしようと言ってくれているのがわかる。それこそが正に獅子戸の大らかさ、豊かさの証《あかし》だ。

「お世辞に聞こえるでしょうけど……俺、獅子戸さんがすごく好きなんです」

「え？」

一音は慌てて言い添える。

「あ、変な意味じゃありません。憧れの大人の男っていうか……」

「ああ……なんだ。でも、俺のことよく知らないだろ」

「はい、でも『男が男に惚れる』って言い回しがありますよね。ほんの少しの関わりで相手を見抜いて、心酔するみたいな……単純かもしれないけど、今はそういう単純さって、むしろ貴重な気がするんです……あれ、何言ってるんだ、俺——やっぱりおかしいですね」

自分語りが恥ずかしくなり、一音は紅茶を飲んだ。

「じゃ……俺に惚れてくれたんだ」

真面目に問われ、一音は照れ笑いを浮かべた。

「あー……まあ、そうですね。ははは……」

唐突に、理解する——酒が欲しくなるのは、男同士がこういう話をするときなのかもしれないと。しかし、ストーカーまがいの行為を許してもらい、仕事が終わった獅子戸の店に厄介《やっかい》になっているのだ。さすがにアルコールは要求できなかった。

「猫のことも、獅子戸さんじゃなかったら、おかしなこともあるもんだなーで終わってたと思います。でも、獅子戸さんには、他の人にはない魅力がある。だから、きっと何かあるって……言い訳ですけど……」

そこで一音は自分の秘密、「まぶたぴくぴく」を打ち明けた。

「へえ……面白い。それで気づいたわけか」

「すみません、下《くだ》らないんですけど……」

「そんなことないさ。ある意味……感謝しなきゃならないかも」

「感謝……ですか？」

獅子戸はうなずく。

「さっきも言ったが、猫たちの集団ストーキングには手を焼いてるんだ」

「……目立つからですか？」

「それもあるけど、危ないだろ？　夜行性だからか、あんなに沢山ついてくるのは夜中だけなんだけど、車に轢かれるかもしれない。鳴き喚いたり、家の中まで入ってくるってことはないが、近所迷惑になったら……とかさ。俺もだけど、猫も困ると思う」

獅子戸は頬杖をついた。

「猫好きなら、もうちょっとどうにかできるのかもしれないけどさー……」

「でも……猫たち、獅子戸さんの号令、ちゃんと聞いてるみたいですよね」

獅子戸は目を見開き、頬杖を離す。

「え……そこまで見てたの？」

「あ、すみません……はい……軍隊みたいだなーって……」

「うーん……そこまで知られたなら……しかも俺に惚れたっていうんなら……責任取ってくれる？」

獅子戸はぐっと顔を近づけ、一音の目を覗き込んだ。思わせぶりなまなざしに、一音はドキドキする。

「な、なんでしょう……」

「一緒に謎を解明してほしい。あと、猫対策の協力もしてほしい」

「ああ……わかりました。喜んでやらせていただきます！　願ってもない話です」

「もうひとつ……」

「はい！」

ここまで来たら、何だってする――そんな思いでリクエストを待つ。

「これからどんどん、個人的に親しくなること」

獅子戸はテーブルに両肘をつき、さらに前のめり気味に一音を見た。

まくった袖から覗く腕の太さ、Tシャツの下の胸板の厚みを間近に感じ、なぜか首筋から上が熱くなる。

「あ……はい、もちろん……」

それが一番、嬉しいかも——なんて、変かな。でも、尾行する俺はすでに変だ。だからいいや……と思うことにする。

「じゃ、次はちゃんと、客として来るんだぞ」

また頭をぽん、と叩かれ、一音は強くうなずいた。

「はい。未知の世界へダイブ……します」

4

スポットライトが灯り、店名のプレートが輝くのを待って、一音は「Ｂａｒ　レグルス」の扉を押した。思ったより重かったのは、緊張していたせいかもしれない。

「いらっしゃいませ」

あのバイク青年がにこやかに言った。張り込みのときはわからなかったが、意外に若い。眼鏡をかけており、大学生ぐらいに見えた。

「あ、どうも……」

カウンターの中の獅子戸を見つけ、一音は安堵する。

「こんに——こんばんは」

「いらっしゃい」

開店してすぐなので、一番乗りだった。仕事が休みとはいえ、午後五時半からバーにひとりで入店はいかがなものか……と悩んだが、そもそもバー体験がないので、どのタイミングで入ればいいかわからない。それを正直に獅子戸に尋ねたところ、開店と同時に来ればいいと教えられたのだ。

理由は簡単、他に客がいないから。

気心の知れた仲間同士の飲み会などでも、すでに盛り上がっている場には溶け込みにくいものだ。しかしバーの醍醐味は、店側と客の距離の近さだと獅子戸は説明する。他に誰もおらず、まして初めての客ともなれば、バーテンダーやマスターは話し相手になり、後から来た常連客に紹介もしてくれるという。

もちろん、静かに飲みたい客もいるし、それが売りの店もある。放っておいてほしいなら、それを伝え、静かに飲んでいればいいらしい。

「どうぞ」

獅子戸は自分の前、カウンターの中央の席を示す。

「あ、はい」

「上着、お預かりします」

青年が手を出したので、一音は脱いだピーコートを預けた。鞄や荷物はカウンターの下に入れるスペースがあった。

店内の印象は、待ち伏せを発見されて連れてこられたときと少し違う。あのときはもっと明るかった。きっと、あれは閉店後だったからだ。

客を迎えるために明かりを落とした店内には、邪魔にならない程度にジャズが流れている。窓はどこにもない。静かなのに、外の音はまったく聞こえない。この密閉感も入りにくさの要因のひとつだったが、現実社会のルールや時間の流れから切り離されることも魅力のようだ。

新たな空間へ、ダイブ。

「……何を頼めばいいんですか？」

メニューを開きつつ、一音は聞いた。

飲み会なら、何も考えず「とりあえずビール」が定番だ。しかし、それでは芸がない。

「なんでもどうぞ」

「……それがわからないから聞いてるんです。っていうか、それを勉強したくて来たんです」

一音は頰を膨らませた。

「ここで知ったことをひけらかしたいわけじゃないけど……回らない寿司屋だって、しきたりや流れみたいなものがあるじゃないですか」

「好みは？　炭酸の有り無し、甘口か辛口か……」

それがパッと出るぐらいなら、とっくに酒好きになっている。

「あ、飯はもう食った？　それにもよる」

「一応、食べてきました」

答える一音に青年がおしぼりとお通しを運んできてくれた。お通しといってもナッツ＆ドライフルーツ、あられ、塩昆布の三種類だ。居酒屋とはちょっと違う。

「アルコールはそんなに強くないんだよね。じゃ、ジンフィズがいいよ」

「ジンフィズ……」

名前は聞いたことがあるが、ジンという酒を使っていることぐらいしかわからない。

「ジン……強そうですけど……」

「炭酸で割るから大丈夫。カクテル版『とりあえずビール』みたいなもんだ」

一音は青年を見た。青年はくすっと笑って助け舟を出す。

「アルコール入りのレモンスカッシュみたいなカクテルです。シロップも入るので、飲みやすいと思います」

「じゃ、それ」

「了解」

獅子戸はうなずき、一音の目の前に映画でしか見たことのない銀のシェイカーを出した。もう、この時点で期待は高まる。

まず、獅子戸はグラスに氷を入れた。大きめの氷で、三つも入れれば縁まできてしまう。

次に、透明の液体が入ったボトルを取った。ジンらしい。円錐の尖ったほうを上下ふたつくっつけたようなメジャーの片側にそのジンを注ぎ、シェイカーに入れる。続いてレモン色の液体、かすかにとろみのある液体を投入し、柄の長いスプーンでかき混ぜた。先の青年の説明でレモンジュース、シロップだとわかる。

獅子戸はスプーンの先に残った滴《しずく》を手の甲に少しつけ、素早く舐めた。味を確認だ。汚らしさを感じさせないような配慮だろう、舌は見えなかったが、一音はドキッとした。

シェイカーに氷を落とし、獅子戸は蓋を締めて横向きになった。両手でシェイカーを持つ。最初はややゆっくりと、転がすように振り始める。すぐに、腕の動きと氷の音がリズミカルになった。身体の芯は動かず、神経を集中させている。

最後にまた、速度が落ちた。まるで大切なものを慈しむかのように、ゆっくりとシェイカーを持つ手の動きが止まった。

獅子戸は蓋を開け、最初に用意したグラスに中身を散らすように入れた。そこに炭酸をグラスの端から注ぎ、スプーンで攪拌する。といっても、氷を底から一、二度持ち上げる程度だ。

一音は、ずっと胸の鼓動が止まらなかった。

バーテンダーのテクニックは職人技であり、一朝一夕で体得できるものではないと知っているが、シャカシャカと振る以外に何があるのか、具体的にはわからない。しかし、獅子戸の一連の動作には心を奪われた。洗練されており、迷いがなかった。儀式のようでありながら、ダンスのようでもある。

何より、滑らかな手の動きが愛撫に見え、ときめいてしまった。おかしな話だが、大事にされているシェイカーの中身が羨ましい。

「ジンフィズです、どうぞ」

輪切りのレモンを入れ、獅子戸はグラスを一音の前に出した。

「い……いただきます」

一音はグラスを取り、そっと口を近づける。

甘いとは聞いたが、レモンスカッシュのような甘ったるさはない。ジンの苦味が舌に残る。やはり、酒なのだ。だが、その苦さがなんとも爽快だ。

「うん……飲みやすいです。すっきりしてて……美味しいです」

「他に言いようがないよな」

「あ、すみません。あの、美味しいです。ほんとに……上手く言えないけど……」

慌てて謝ると、獅子戸は首を横に振った。

「ありがとう。怒ってないよ。正にそういうカクテルなんだ」

「バーやバーテンダーのレベルがわかるカクテルだって、よくインターネットで見かけます。これを注文されるとバーテンダーは緊張するって……」

青年が言った。ケチをつけているのではなく、面白がっているふうだった。

獅子戸は肩をすくめる。

「女子受けする小ネタとして使いたいだけだろ。そもそも、緊張感と緊張は違う」

「どう違うんですか？」

一音は尋ねた。

「前者はプロ。後者はアマ」

なるほど、と感心する。

作るのに緊張するカクテルがあるというなら、緊張しないカクテルは適当に作ってるのか？と いうことになる。一方で、いちいち緊張するなんて経験不足なのか？とも思う。

「飲みたいものを好きに飲めばいいんだ。蘊蓄《うんちく》はただの情報であって、個人の味覚は共有できないんだから。たとえば、このジンフィズも『もっと甘くして』と注文をつけてもいい」

「へえ……カスタマイズですね」

「その甘さを何でプラスするかは、バーテンダー次第」

獅子戸の説明によれば、オリジナルのシロップを作る、上白糖をパウダーになるまで粉砕して使うなど、店によってこだわりがあるのだという。

レモンジュースひとつ取っても、ここのようにあらかじめ作っておいたものを使う店、その場で生のレモンを搾って作る店……といろいろらしい。もちろん、肝心かなめのジンもメーカーによってで味は異なる。

「緊張するとしたら、そういう微妙なさじ加減なんだ」

「へえ……」

「リクエストを重ねていったら、ジンフィズじゃない、別のカクテルを勧めてくれるかもしれない。あるいは即興で、新しいカクテルが生まれるかもしれない」

確かに、スタンダードとなった人気メニューの裏話として「お客様のリクエストがきっかけ」というのは聞いたことがある。

「プロとしてお勧めの店はどこですか？って聞かれると困るんだよな。がんもどきの煮物の味がおふくろの料理の味にそっくりで、それを食うために行く店とかあるんだ。そんなときに飲むのは日本酒か焼酎。バーテンダーとか関係ないだろ」

一音は声を上げて笑った。

「あはは、個人的な好み、思い入れですよね」

「人間なんて毎日成長するんだ。昨日はダメだった店が、今日は急に好きになることもあるって。本や映画もそうだろ？」

うんうんとうなずき、あられを口に放り込む。

「……あ、チーズ味なんですね、これ」

「それも常連のお客様に教えていただいたんですよ」

「へえ……美味しいですね。ジンフィズに合います」

飲みながら楽しく話していると、客が入ってきた。ふたり連れのサラリーマンで、一音の父親ぐらいの歳だろうか。ふたりとも常連らしく、慣れた様子で一音の隣に腰を下ろした。まだ席は空いているのに……とやや緊張して獅子戸を見ると、穏やかに微笑んだ。

「こちらは私の読書の師匠なんですよ。今日初めて来てくれたんです」

いきなり、獅子戸がおじさんたちに一音を紹介する。びっくりしていると、おじさんたちはおしぼりを手に「ほうほう」とうなずいた。

「師匠とはすごいな」

「し、師匠だなんて……ただの書店員です」

おじさんたちは青年にハイボールをと頼み、名刺入れをさっと取り出した。何もかもがスマートだ。一音も慌てて鞄から名刺入れを引っ張り出し、交換する。ふたりは違う会社だったが、どちらも有名企業の部長だった。

「ああ、あの本屋ですか。ニュースで見ましたよ」

一音の名刺に印刷された「誠覧堂書店」という文字を見て、ひとりがうなずいた。

「え、有名なの？」

「そうそう、出版社の直営だっていうんで話題になったよ」

「はー、知らなかった。お、ここから近いね」

「そうなんです」

一音は場所を簡単に説明する。

「へえ……行ってみるかなあ——あ、じゃ、乾杯」

「あっ、はい！　よろしくお願いします」

いつの間にやらおじさんふたりのペースに巻き込まれ、何が「お願いします」なんだかわからないまま、一音はグラスを合わせていた。

そこで会話が終わる——かと思いきや、そこからが本番だった。

いわゆる「説教おやじ」風の面倒くささはなく、ふたりは子どものように一音に質問をぶつけてくる。そして、読書体験を披露する。獅子戸があれこれ説明する必要もなく話が弾んだ。自然と酒も進む。

「次は何にする？」

空になったグラスを見て、獅子戸……ではなく、おじさんが聞いた。今度はこっちが教えてもらう番だ、と一音は自慢の笑顔で甘えてみる。

「あの、何がいいですか？　僕、バー自体が初めてで……」

「ああ、じゃ、ハイボール試してみる？」

おじさんが目の前のボトルを指差した。おじさんたちはそれぞれ、違うウイスキーをキープしていた。一本は和名なので、日本のものだろう。もう一本は海外のものだ。

「純《じゅん》ちゃん、一杯ずつ作って。おじさんたちのおごりだ」

おじさんは青年に声をかける。

「え？」

一音は驚いた。

「いえ、そういうわけには……」

「いいから、いいから。飲み比べてみるといいよ。ウイスキーっていっても、全然違うから」

動揺して獅子戸に助けを求めると、獅子戸はにこにこしながらこう返した。

「じゃ、私からも一杯ごちそうします。純、この二本とバーボンで作ってあげて」

明らかに面白がっている。

「ちょっと……獅子戸さん、そんな……っていうか、三杯も……飲み切れないかも――」

「どうにかなるよ」

太っ腹なおじさんたちと獅子戸の策略に乗り、一音の前にはハイボールのグラスがどん、どん、どん……と三つ並んだ。その後ろに、わかりやすくボトルが置かれる。

「こっちから日本、アイルランド、アメリカね。この他にスコットランド、カナダの五つがウイスキーの主流なんだ」

「日本も入るんですか、知りませんでした」

「先入観が邪魔する前に、飲んでみて」

「じゃ、お言葉に甘えて……いただきます」

端から順番に口に含み、味わうようにゆっくりと飲む。気分は、テレビで見かけたワインのテイスティングだ。

「どう?」

おじさんに尋ねられ、一音はグラスを指差した。

「これは結構、クセがありますね。飲んだ後、匂いが鼻に残るっていうか……次も味は似てますけど、ちょっと匂いが違う。香ばしい感じです。最後のこれが一番、飲みやすかったです」

最後のグラスは、獅子戸が選んだバーボンだった。

「おお～」とおじさんたち、獅子戸が低い歓声を上げた。

「いや、大体合ってるよ。日本はスコットランドの流れを汲んでいてね……」

ここでようやく、謎解きと解説が始まった。

「バーボンはアメリカのウイスキー。こっちのふたつに比べて飲みやすいんだ」

「へえ……」

「バーボンが気に入ったなら、次はカナディアンを試してみるといいよ。あれもマイルドだから」

「はい」

一音はうなずく。

正直な話、味については感想の述べようがなかった。初めて飲んだので、美味いとも不味いとも言えない。ただ、三種類あるので比べることができ、違いを伝えただけだった。だが、二度と飲みたくないとも思わなかった。いや、むしろ——。

「僕……これ、好きかもしれないです」

ハイボールに比べれば、ジンフィズは確かに甘いといえる。だが、どちらも気に入った。

「おお、大成功だ」

「祝、ウイスキーデビュー！」

「ありがとうございます」

扉が開いた。今度の客は若いカップルだ。こちらも常連らしいが、獅子戸の目配せで青年はふたりをカウンターの端の席に誘導する。おじさんたちもアクションを起こさない。

間髪いれず、また扉が開いた。会社の同僚だろうか、四人連れだ。おじさんたちの反対側が空いていたが、獅子戸はテーブル席を勧めた。

なるほど、と一音は思った。

同じ店でも、来る人間がみな、同じものを求めているわけではないのだ。おじさんたちのように別の客としゃべりたい客もいれば、カップルのようにひっそりと酒、そしてこの空間に浸りたい客もいる。

カップルも四人連れも、ひとりで来店したら、こちらに交ざったかもしれない。おじさんだって、ひとり静かに飲みたい夜もあるかもしれない。

もちろん、店内の混み具合も関係するだろう。だがその日、客が何を求めてやってきたのかを見抜き、合わせる――席も酒も。

ジンフィズだけじゃなくて、すべてが一期一会のカスタマイズなんだ。獅子戸さんの仕事は、そういうものなんだ。お酒を出すだけじゃないんだ――。

午後八時半を過ぎると、カウンター席もテーブル席も埋まった。

おじさんたちが隣の新しい客と話し始めたので、一音はバーボンのハイボールを飲み干し、獅子戸に話しかけた。

「気に入りました。ハイボールも、ジンフィズも……このあられも」

「なかなかいいだろ」

グラスを磨きながら、獅子戸は言う。

「はい。居酒屋のお通しだと先に一気に食べちゃいますけど、これはいいですね……飲みながら摘まめて……」

おじさんたちがごちそうしてくれたグラスに手を伸ばすと、一音にだけ聞こえるよう、獅子戸は囁いた。

「大丈夫？　無理しないでいいんだよ」

「あ、はい……」

しまった。アルコールは強くないという申告を信じ、心配しているのだ。ここまでのところ、まったく問題ない。というより、まだまだ行けそうだ。どこかのタイミングで事実を話すべきだろうが、今は心配されておこうと一音は決める。

「楽しんでる？」

「はい、すごく……」

「よかった」

ざわめきが心地よく満ちる店内で、ふたりだけのかすかな空間が生まれる。今だけは獅子戸の笑顔が自分だけに向けられていると確信し、一音は嬉しくなった。

獅子戸に「開店時刻においで」と言われた意味がよくわかった。バーの雰囲気に慣れさせるのと同時に、少しずつ変わっていく空気や関係性をも含めた「愉しみ方」を味わわせようとしてくれたのだ。

結局、おじさんたちのおごりの二杯を飲み切り、一音は「Ｂａｒ レグルス」を出た。支払った金額は最初のジンフィズとチャージ料だけだったので、申し訳なくなるほど安上がりだった。おじさんたちや話をした他の客に「またね」と声をかけられて外へ出る。ひんやりとした空気と闇が心地いい。

「向後さん」

マフラーを巻き直していると、扉から獅子戸が出てきた。

「獅子戸さん……今日はありがとうございました。楽しかったです」

「酔っぱらってない？　まさか、自転車で来てないよな」

一音は笑いながらうなずいた。そして、さりげなく事実を言う。

「あの……思ってた以上に、アルコールに強い身体だったみたいです」

「そう？　でも、酔いは翌日に強く出ることもあるから過信しないほうがいいよ。飲んでるときは楽しかったけど……って、あるからね」

「二日酔いですね、気をつけます。でも、本当にすごく楽しかったです。会ったばかりの方にごちそうしてもらっちゃって……よかったんでしょうか」

「気に入られたんだよ。誰にでもやってるわけじゃないから」

「じゃ、また来ます。次はカナディアンに挑戦です」

獅子戸は笑った。

「ふたりとも喜ぶよ」

「あの……」

思わず「獅子戸さんは？」と聞きそうになり、一音は驚いた。店主ならば、リピーター歓迎は当然だ。聞くまでもない。

一音が聞きたくなったのは、獅子戸に会うためだけにまた来るだろうと確信したからだ。酒の魅力、バーの魅力以上に、彼に魅かれて。

「いえ……なんでも——」

「俺も嬉しい。いつでも大歓迎だよ」

獅子戸は言った。

どの客にもそう言うはずだ。わかっている。でも、鼓動が弾む……。

「や……やっぱりちょっと酔ってるかもしれません」

顔が熱くなり、一音はうつむいた。

急にアルコールが回ったのか？　いや、そうじゃない。この感じは覚えがある。好きな女の子と下校の道でふたりきりになったとき、こんなふうに――。

「ひとりで帰れそう？　タクシー呼ぼうか？」

肩に手を置かれ、一音はパニックを起こしかける。

変になるのは、獅子戸さんのせいだよ！　身体が近いからだよ！　触られてるせいだよ！　手を離してくれれば治るよ！

「い、いえ、大丈夫です！」

ふと気づくと、足元に猫がいた。闇から一匹、また一匹と現れ、静かに近づいてくる。獅子戸がため息を漏らした。

「あの、お礼に今度、猫の本持ってきます！　ＤＶＤとか……」

「可愛い系は別にいいよ」

獅子戸は苦笑するも、肩から手を離してくれない。

「あっ、そうですね！　じゃ、生態に詳しい本とか……」

「わかった。でも、ここに持ってくるのも大変だろうし、俺がまたここから持ち帰るのもアレだから……都合がつくなら、俺の部屋へ来てよ。一緒に見ながら、ゆっくり説明してほしい」

「へ……？」

下校中、並んで歩いていた好きな女の子が言う……うちに来ない――？

そんなシチュエーション、アニメか漫画の中だけだと思っていた。

「俺が住んでるところ、知ってるだろ？」

「……はい」

「じゃ、約束。連絡するから」

「……わかりました」

獅子戸は手を離した。

「おやすみ、気をつけて……お前たちもおやすみ」

獅子戸は一音と猫に声をかけ、扉の中に姿を消した。猫は一音には興味なさそうに散っていった。

＊＊＊＊＊

「酒特集か……」

開店前、「誠覧堂書店」の隣にある誠覧社本社ビルの会議室で行われた企画会議の場で、店長であり、書店部の部長でもある奏《かなで》がつぶやいた。企画を出したのは一音である。

「はい。最近、ちょっと目覚めまして……」

出席した社員、アルバイトの間からくすくす笑いが起こる。「単純」というツッコミも入ったが、嫌みではなかった。

「誠覧堂書店」への企画やイベントの提案は全社的に奨励され、編集部単位でも個人単位でも処理し切れないほど集まる。大掛かりなプロジェクトになると準備にも時間と金がかかり、いくつかの編集部との連動企画に発展することもある。

しかし、そればかりやっているわけにはいかない。客に足しげく通ってもらうには、目先の印象を変えた月単位の細かなイベントも必要だ。そういった小さなものは「書店部」の社員たちで決める。

ただし不公平にならないよう、各編集部をまんべんなく扱うという苦労もあった。

簡単なのは、一音が出したような「酒」「犬猫」など、大きなテーマを掲げる方法だ。たとえば「酒」ならファッション誌でも旅雑誌でも扱っているし、様々なジャンルの漫画、小説にも登場する。

「悪くはないが、マンネリ気味かなあ……思いつきはいいんだけど、思いつきをそのまま出すの、ちょっと考えたほうがいいぞ。クセになってる」

「はあ……」

様々な雑誌の編集長を歴任してきた秦の容赦ない指摘が刺さる。思い当たる部分があるだけに、一音は言葉を失くした。

「版元ならではの強みを出すことと、版元だからという自己満足、押しつけは違うんだ」

「そんなつもりは――」

「お前にそのつもりはなくても、読者や客にそう見えたら同じってことだ。もうちょっと練ってから持ってこい」

「はい」

「とはいえ……向後はよく企画を出してくれる」

秦は全員の顔をぐるりと見た。

「自分からは何も出さず、受け身になって、決まった企画を実行するだけでいいと思うなよ。何のための書店部、同僚なんだ。話しあえ、情報を出しあえ。『三人寄れば文殊《もんじゅ》の知恵』ぐらい知ってるだろう」

全員、一音と同じように首をすくめてうなずいた。

結局、その日は別の企画が採用となり、会議は終わった。

「向後くんに期待してるから、ああいうふうに強く言ったんだよ」

会議室を出てエレベーターを待っていると、葛城が一音に声をかけてきた。慰めてくれるということは、傍目にもわかりやすく落ち込んでいたのだろう。

「はあ……やっぱり、編集長をやってた人は厳しいですね」

「まあ、ああいうやりとり、編集部では日常茶飯事だからね」

編集経験ないから知らねえし！と言いたくなったが、その茶飯事に慣れなければやっていけないわけだ。考え方によっては、それを書店で経験させてもらっている……ともいえる。

「これぐらいでいいだろって思っちゃうと、そこで成長が止まるから――」

「これぐらいでいいなんて思ってません」

一音は思わず、ムキになって言った。

「わかってるよ」

葛城は微笑み、一音の背中を叩く。一音はすぐに反省した。

「すみません……僕もわかってます、葛城さんがそんなつもりで言ったんじゃないってこと……ダメですね、単純で」

「そこが向後くんのいいところだよ」

「そこ?」

「素直なところ。考えをちゃんと口にするところ。秦さんもそこは誉めてる。それをやめろとは言ってない。同じ場所に留まるなって言ってるんだ」

思いつきはいい、思いつきのままで出すな……こういう料理を新しいメニューに加えたいと言うのなら、調理して持ってこい、ということか。プロなら、素材だけ提示するなと。

「向後くんに成長できる力があるから、もっともっと……って求めるんだよ」

慰められ、誉められ、心が浮上する。

「……そうでしょうか」

「そうだよ。あれで向後くん以外のみんなを煽ったんだ。注意されたのはむしろ、他のみんなだよ――俺も含めてな」

そう言い、葛城は恥ずかしそうに頭を掻いた。

さすがだな、と思う。

マンガや小説の編集者は、トピックを取材し、情報を形にしていく編集者とは異なると聞いた。作家を育てるのが大きな役割だと。葛城はそこが上手いのだろうと一音は思った。自分のような人間もその気にさせてくれる。

「あとさ、この程度でいいじゃん！っていうの、絶対にお客さんに伝わるんだよ。不思議だけどね。秦さんもそういうの、きっと何百回も経験してきたんだよ」

それを教えようとしているなら、落ち込んでなんていられない。編集者になってから経験することを学べるせっかくの機会を見逃すなんて、もったいない。

「あの……さっきの酒特集ですけど、相談に乗ってもらえますか？」

一音は葛城に頼む。

葛城は編集者を辞めた。だが、そのスキルまで放棄したわけではない。

「もちろん」と葛城はうなずいた。

「多分、向後くんはまだ、アプローチの手駒が少ないんだと思う」

「アプローチの手駒……もう、そこからしてわかりません、先輩！」

「焦らず、順番にやっていこう。俺、こう見えて教えるの上手いから……」

葛城は得意げに腕を組んだ。

「よろしくお願いします～」

わざとらしく、すがりつくフリをする。我ながら調子がいい。

「あはは……よしよし、お手」

冗談に応え、葛城は手を出してくれた。一音は「わん」と拳を乗せる――心をもっと軽く、柔軟にするために。

「ほらね、そうやって常に笑顔で取り組む姿勢は本当に長所だよ。難しい顔してるとすぐに行き詰まるからさ」

「ありがとうございます」

「アプローチは見方ってこと。同じものでも見る角度や位置、距離や照明を変えると違って見えるだろ？　でも、それはひとりじゃできない。人の目は残念ながらふたつしかないし、カメレオンみたいに全方向に動かないからね」

「そうか、手駒を増やすには文殊の知恵……なんですね」

「そういうこった」

後ろから秦の声が割り込んできて、一音は飛び上がりそうになった。声だけでなく秦は一音と葛城の間に入り、一緒にエレベーターに乗り込む。

「『セイラン・ブックス』で『誠覧堂書店』が出来上がるまでを本にまとめるそうだ」

唐突に話が始まったが、秦はいつもこうだった。

「どうせメディアミックスまで見据えた企画でしょう。映像化しやすそうですもんね……難波社長が好きそうだ」

葛城が苦笑した。一音は感心する。そういうことは、一音にはまったくわからない。

「当然、こっちの協力も必要になる。で、向後、お前が担当……というか、窓口になれ」

「え？」

寝耳に水の指示にびっくりする。

「つまらない企画を百も二百も出すのは、力があり余ってる証拠だ。頼んだぞ」

「え、窓口って何を……」

「知らん。そのうち連絡が来るだろう」

そこでエレベーターが一階に着いた。言いたいことだけ言い、秦はさっさと出ていってしまった。一音は金魚のように口をぱくぱくさせ、葛城を見る。

「ほらね、期待されてるじゃん」

当たった！という感じで葛城は嬉しそうだったが、一音にすればそれどころではなかった。

「いや、そういう……ちょっと、どうすれば――！」

「うん、まあ、連絡が来てから考えればいいよ」

性格なのか、経験値のおかげなのか、それともパートという立場だからか、葛城はのほほんと返す。

「そ、相談に乗ってくれますよね！　見捨てないで――」

一音は葛城の肩を掴み、思い切り揺さぶった。

「わかった、わかった……向後くん、痛い……」

5

「どうぞ」

マンションの部屋のドアを開け、獅子戸が言った。セーターにコーデュロイのパンツというシンプルな格好だが、相変わらず見栄えがする。

午後三時。今日、猫たちはいなかった。お客さんが来るから、とでも言い聞かせて帰したのだろうか。常にいることに慣れてしまったので残念だが、獅子戸と猫たちの会話を想像するとニヤけてしまう。

「はい、お邪魔します」

獅子戸が暮らすのは玄関からベランダまで見渡せる1LDKだった。入ってすぐに小さなアイランドキッチンがあり、ソファとテーブル、AV機器が置いてある。すっきりとしていて、明るい。

「わあ、きれいなところですね……あ！」

キッチンの脇まで行き、一音は部屋が明るい理由を知った。天井が高く、階段がある……メゾネットタイプの部屋なのだ。

「ロフトですか？」

一音は手すりに触れ、ワクワクしながら見上げた。男はいくつになっても、こういった「隠れ家」「基地」のような場所に出くわすと嬉しくなってしまう生き物なのだ。

しかし、階段は途中で折り返し、さらに上へとつながっている。

「え、もしかして二階？」

「二階があって、その上にロフト」

「へえ……いいなあ。じゃ、かなり広いですね」

「まあな。上がってみる？」

「い、いいんですか？」

すでに一音の片足は階段にかかっていた。

「もちろん」

二階にはバスルームとトイレ、そして部屋があった。そこを寝室にしているという。ロフトは長身の獅子戸がようやく立てるほどの高さなので、物置やクローゼットとして使っているようだ。

「本当はここで寝たかったんだが、寝ぼけて起き上がったときが怖いからな」

ロフトを見渡して説明する獅子戸に、一音はびっくりした。

「それはさすがに……僕の身長でもちょっと圧迫感がありますもん。獅子戸さんの身長じゃ絶対無理ですよ。高いところが好きなんですか？」

「高いというより、狭いところが好き……って感じかな」

「狭いところ？」

階段を下りながら、獅子戸はうなずく。

「落ち着くんだ。身体が入るもんなら、押し入れで寝たい」

「あははー」

冗談だと思って笑ったが、獅子戸は表情を変えなかった。本気のようだ。なぜか、一音も本気で考える。

「ええっと……じゃあ、部屋にテントを張るとか……」

「やったよ」

「マジですか！」

「うん。俺はそれでよかったんだが……恋人には逃げられた。閉所恐怖症気味の奴でさ」

「うっ……お気の毒に……お互いに……」

フォローできない。

「仕方ない。それでメゾネットタイプを探したんだ」

「なるほど……俺ならつきあっちゃいますけどね」

「え？」

獅子戸に顔を覗き込まれ、うなずく。

「だって、面白そうじゃないですか。家の中でキャンプって」

「……ああ、そっちの意味か」

なぜか、獅子戸はがっかり顔になった。

「でも、メゾネット……となると一階の部屋が多いですよね。ベランダに猫、集まらないんですか？」

「集まる。メンツは大抵決まってくるから、野良のボスみたいな奴に言い聞かせた」

「ボス……わかるんですか？」

「なんとなく。最近ようやく周知徹底ができたみたいで、このマンションには集まらなくなったな」

「へえ、すごい！　だから今日もいないのか……」

「まあな。でも、たまに……」

獅子戸はベランダを見て、指差した。真っ白な猫が、レースのカーテンの隙間から様子をうかがっている。

「わー！」

一音はガラス戸に駆け寄り、カーテンを少し引いた。

「うわ、可愛い……美人……！」

しかし、猫は獅子戸だけを一心に見つめる。一音など存在しないかのようだ。

「遊ぶか？　開けてもいいけど……」

獅子戸が隣に立った。猫は少し下がり、こうべを垂れる。まるで、王に拝謁する臣下だ。

「……いえ、いいです。居ついても困りますよね」

獅子戸はガラス戸をトントンと叩く。猫は尻尾を後ろ足の間に挟み、去っていった。

「それに俺、今日は猫じゃなくて、獅子戸さんに会いにきたんですから！　本も……あ、でも、言い聞かせて寄ってこなくなったなら、もう要らないか――」

「そんなことはない！」

突然、獅子戸は声を強くした。

「……ああ、いや……そのために来てくれて嬉しいと言いたかったんだ。何か淹れるよ。紅茶？　コーヒー？」

「じゃ、紅茶を。店で飲ませてもらったのが美味しかったんで……」

キッチンに立ち、獅子戸はやかんをコンロにかけてマグカップを持ち上げた。

「ミルク？　レモン？　ミルクだと言ってくれるとありがたい」

レモンはないんだな、と一音は笑う。

「ストレートでいいです」

「了解。好きなところへ座って」

「ええと……」

キッチンカウンター前のスツール、ソファ……と眺め、一音は本が入った紙袋を手に階段に腰を下ろした。吹き抜けに獅子戸の笑い声が反響する。

「階段を選んだ人間は初めてだ」

「そうですか？　楽しいじゃないですか」

きっと、獅子戸は好きなはず――そう感じたのだ。

持ってきた本の頁をめくっていると、獅子戸がマグカップとソファのクッションを手にやってきた。先にクッションを一音に差し出す。

「そこ、夏はいいけど、この時季はケツが冷える。で、もうちょっと上に座って。俺、でかいから並んで座れない」

「……ありがとうございます」

一音は二段ほど上がり、受け取ったクッションを臀部の下に入れた。座り心地を確かめてから、マグカップを受け取る。獅子戸は少し下段に横座りした。足の長さがよくわかる。

「これ、猫の生態をわかりやすく描いてます。面白いですよ」

一音は獅子戸に本を渡した。

「ああ、マンガなのか……はは、可愛いな」

こんな習性がある、こういう仕草にはこんな意味がある……ふたりで本を覗き込み、あれこれ話す。相談というより、たわいもない会話だった。しかし、それが楽しかった。獅子戸と一緒にいる空間、時間が楽しいのだ。

「階段もいいな。好きだ」

二杯目の紅茶が入ったマグカップを手に、獅子戸がリビング、そしてベランダへと視線を投げかけた。

「……ここに座ると、こういう光景が見えるんだな……上り下りするだけで、座ったことなんてなかったから知らなかったよ。向後くんのおかげだ」

店での出会いから始まり、部屋に招かれ、「向後さん」が「向後くん」になった。レースのカーテンが、陰り始めた冬の午後の陽射しを受け止めている。

一音はふと、葛城の言葉を思い出した。

(同じものでも見る角度や位置、距離や照明を変えると違って見えるだろ?)

「なんとなく、わかったんです。獅子戸さんはきっと階段が好きだろうって」

「へえ……すごいな」

「あの……獅子戸さんはどうしてバーテンダーになったんですか?」

下らない質問ではないが、答えは想像がついた。酒が好き、人が好き。あるいは『真夜中の波』を読んで感化された——。

「ああ、昼間が弱いから」

「……へ?」

思いもよらない返事だったが、獅子戸はけろっとしている。

「というか、夜のほうが強いんだ」

「夜が、強い……」

「そう」

なんとなく見つめあい、妙な間が空いた。

「……あ、なんか変なニュアンスだったな。そっちの意味じゃない」

「そっち……あー……」

「そっちも自信あるけどさ」

またもけろっと言われ、一音の頬は火照った。

「はあ……」

言った獅子戸ではなく、一音のほうが照れる。そんなの知らねえよ！ではなく、そうだろうな……と思ってしまったからだ。

「夜行性って意味ですよね。昼夜逆転の生活に慣れちゃったってことですか？」

獅子戸は首を横に振る。

「夜更かししてるから昼間眠くなるとか、集中力が続かないっていうんじゃないんだ。身体も頭も夜のほうが働くってだけ。病院で検査もしたんだけど、どうも交感神経と副交感神経が動く時間帯が、普通の人間とは真逆らしい」

「へえ……じゃ、学校とか大変だったでしょう」

一音の問いに、獅子戸は首を捻《ひね》る。

「それが、十代はそうでもなかったんだな。二十歳ぐらいからかな……顕著になったのは」

あまりにもひどいので、獅子戸は大学三年から夜間学部へ編入し直したという。アルバイトは深夜から明け方の仕事やシフトに入れたので、稼ぎはよかったと笑った。

「じゃ、今日は――ああ、だから三時だったんですね！」

一音は膝を打った。待ち合わせに午後三時は、なんだか中途半端だと思ったのだ。ランチには遅いし、飲みにいくには早い。何か用事があって、この時刻を指定されたのかと思っていた。

「ごめんな」

「いえ、全然……じゃ、そろそろエンジンがかかる頃ですか？」

壁の時計の針は四時半を示そうとしている。

「まあ、そんなところ」

「へえ……あれ、でも、二十歳ぐらいって……猫が寄ってくるようになったのも、そのぐらいって言ってませんでしたっけ？」

獅子戸はハッとする。

「あ……あー……そういえば……」

夜行性、狭い場所が好き、猫が寄ってくる、猫と会話ができる――。

「獅子戸さん」

一音は奇妙な思いつきを口にした。

「もしかして、獅子戸さん自身が猫だったりして……」

自分で言いながらおかしくなり、ふふふっと笑う。

「もしもそうなら、絶対に茶トラですよ。薄い、ミルクティーみたいな色の……いや、キジトラでもいいかな……」

一音がブツブツつぶやいていると、獅子戸の視線が突き刺さった。といっても怒るでもなく、呆れているのでもなさそうだ。困惑……だろうか。

「……あ、すみません、勝手に……なんか、可愛くなっちゃって……」

「いや……可愛いと思ってもらえるなら……」

獅子戸は言葉を濁した。

男としては羨ましい体格で、どこからどう見ても獅子戸は「可愛い」とは無縁だ。一音が勝手に妄想を付け足し、ギャップに浸っていただけである。しかし、本人のお墨付きが出た——その自覚はないだろうが——ことで、さらに可愛く思えてきた。

「……可愛いです」

嬉しくなって、笑みがあふれてしまう。

「そうか」

獅子戸は顔を逸らした。いつものように無造作に流した髪の隙間からのぞく耳が、ピンク色に染まっている。獅子戸が照れるところは初めて見た。

「じゃ……それで夜の仕事に就いたんですね」

からかうのはやめ、一音は話を戻す。

「うん。朝までやってる居酒屋のバイトを始めて……そこのオーナーに気に入られてね。事情を理解してくれて、卒業と同時に正社員として雇ってくれたんだ」

オーナーは都内で居酒屋やバーをいくつも経営しているらしい。獅子戸は一年を目安に様々な店で経験を積むよう指示を受けた。そしてバーテンダーの修業を経て、「Ｂａｒ　レグルス」を任されたのが二年前だった。

「選択肢がなくて、最初は仕方なく……と始めたつもりだったけど、文字どおり、水が合ってたんだな。天職だと思うよ。運がよかった。拾ってくれたオーナーには、感謝してもし切れない」

獅子戸の言葉に、一音は首を横に振った。

「偶然じゃありませんよ。オーナーさんは、獅子戸さんの才能を見抜いたんですよ」

「だとしたら……運も才能のうち、だな」

「……羨ましいです」

一音は冷たくなった紅茶を飲み、言った。

「何が？」

「僕はそうじゃなかったから……」

「何が？　仕事が？」

夕暮れの光の加減だろうか、獅子戸の瞳が金色に光ったように見えた。

「話せよ」

それは命令だった。優しい命令だった。受け止めてやるから、信じろ……そんな、大らかで強いニュアンスが混じっていた。きっと他の人間に同じことを言われても、同じようには思えなかったろう。だが、獅子戸の言葉に嘘はないと感じ、一音は誠覧社に入社してから今までのことを話した。経理から書店部に移ったこと、今は店が楽しいこと、秦から叱咤激励されたこと、「セイラン・ブックス」の本の企画担当になったこと、そして編集者への夢と不安……。

「向後くんの中で、一番強い本音はどれ？」

ときどき、相槌や小さな確認を交えて話を聞き終えた後で、獅子戸は尋ねた。

「一番強い？」

「だって、どれも本音だろ？　まだ編集者を目指したい。年齢的なことを考えて、他社へ移ったほうがいいのか。誠覧社でそのチャンスを待ちながら、書店で働くべきなのか。諦めて、違う方向で自分を生かすほうがいいのか……」

一音は少し考え、うなずく。

「毎日、くるくる動きます。でも、だから浮《うわ》ついてて、何をやっても空回りみたいなのかなって……ひとつに決められれば、そこへ向かって全速力で走れるのかなって……諦めるのも、目指すのも、早ければ早いほうがいいし……」

「それさ、才能があるかどうかで悩んでるわけじゃないよな。決められない自分に振り回されてるだけだよ」

「え……」

獅子戸の指摘に、一音は目から鱗《うろこ》が落ちる思いだった。

「俺を羨ましいって思うのも、選択肢が多すぎるからだと思う。道さえ決まればできる、チャンスさえ与えられれば成功する……って、つまり自信があるんだよ」

「で、でも――」

「俺には選択肢がなかった。でも、俺は選択肢の多い向後くんを羨ましいとは思わない」

「それは……獅子戸さんが成功してるから――」

「違う。俺は自分を知っている。君はまだ自分をわかっていない。それだけの違いだ」

獅子戸はふっと優しい目をした。

「誤解するな、責めてるんじゃない。俺は二十歳の頃、君と同じようにさんざん悩んだんだ。君より少し早く、自分自身に気づいただけ。だからこうして偉そうに言える」

強く、温かい口調が伝える――俺は君の味方だと。肩に入っていた力が抜けた。

「贅沢《ぜいたく》、なんですかね……」

「そうともいえる。力がつき始めて、かえって迷ってるんじゃないかな。今は内省の期間なんだよ。そういうときは焦って決めないほうがいい」

「内省……自分を見つめる……」

「もちろん、これまでもやってきたんだろうけど、その都度乗り越えてきて、向後くんのレベルは上がってるはずだ。だから、今までのやり方じゃ通用しない。今までは広く浅くだったろうから、深く掘り下げる必要があると思う。絞るんだよ」

一音の中で、獅子戸の言葉と葛城の助言が合致する。

「自分に対する……アプローチを変える？」

「それ、それ」

「あー……尊敬する先輩が同じことを言ってくれたんです。そうか、同じなんだ……」

「先輩？」

獅子戸が眉をひそめた。

「あ、はい。すごい人なんです……今はパートなんですけど――」

一音は葛城のことを話す。『エンド・オブ・タイタス』は外せないので、どうしても誉めちぎらずにいられない。

「『エンド・オブ・タイタス』は俺も知ってるけど……」

そう言いながら、獅子戸の表情はどんどん険しく、不機嫌そうになっていった。理由はわからないが、葛城の紹介を始めた途端に変わったので、一音は話を獅子戸に戻した。

「ありがとうございます。思い切って話してよかった。元気が出てきました。同僚には言えないこともあるから……特に弱音は……」

獅子戸の表情も戻る。

「話してくれて、俺も嬉しい」

葛城のアドバイスは的確だが、仕事に限られる。獅子戸にはもっと個人的で、デリケートな悩みを打ち明けられる――いや、打ち明けたいと思う相手だった。

「迷惑でなければ、また、あの……」

「いつでも来い。そう言ってるだろ?」

獅子戸の手が、一音の膝に触れた。ドキッとする。

「……はい」

やっぱり、葛城と話しているときとは違う、と一音は思った。他の同性に触れられたときには感じない強さ、優しさ、温かさ……ときめきのような何かがある。

膝って、触られると気持ちいいんだ……おかしいのかな、俺。童貞が長すぎて、おかしくなってるのかな――。

「向後くん、恋人は?」

「う……い、いないです」

「そう……」

心なしか、獅子戸の唇の端が上がった。そして目尻が下がる。

「っていうか……いたことないです」

恥ずかしさと悔しさからヤケになり、ついカミングアウトしていた。

「……え？　童貞？」

「……あえて傷口に塩を塗ることないじゃないですか」

自分から告白しておきながら、八つ当たり気味に返す。

「いや、まあ……」

「獅子戸さんはずるいですよ。童貞が長いと魔法が使えるようになるとかいうけど、そうじゃないのに猫と話せるし……」

「魔法？　そんな話、知らないよ」

わけのわからない方向へ一音が話を持っていったのは、わけのわからない感情が胸に渦巻いているからだった。一緒にいると嬉しくて、恥ずかしくて、くすぐったくて……もっと一緒にいたくなって、もっと知りたくなって、もっと知ってほしくなるから。

「あの……お腹空きました」

「ああ……童貞だから」

「違います！」

食い気味に否定すると獅子戸が笑った。ふくれて見せてから、一音も笑う。

「……冷えてきたし、力の出るものを食いに行こうか」

「なんですか？」

「ちゃんこ鍋。近くに有名な店があるんだ。どう？」

「行きたいです！　食べたことないです、ちゃんこ」

「初めてが多いな」

「む……」

一音は階段に置きっぱなしの猫の本を摑み、鞄に入れた。

「貸しません」

「ごめん、ごめん」

獅子戸は立ち上がり、手を出した。

「じゃ、行こう」

一瞬戸惑い、一音は自分の手を重ねた。獅子戸がその手を強く握る。

「俺が全部、教えてやりたいよ——何もかも」

「え……」

どう答えていいかわからず、一音は獅子戸を見つめる。

「この辺にある美味い店、全部」

「ああ……お願いします」

「任せな」

獅子戸が手を離す。それがやけに淋しかった。

6

その日、一音と岡本を含めた数名の社員は残業していた。通常、閉店後は一時間程度で帰るのだが、翌日に発売する新刊の準備があったのだ。

「誠覧堂書店」は誠覧社の本だけを扱っているが、本来の目的は、社員が手売りまで担うことで出版社の社員としてのプライドとモチベーションを維持することだった。直営ならではの特性が効きすぎて、一般書店の売り上げまで奪っては元も子もない。そこで、いくつかのルールが設けられた。その中のひとつが「新刊の発売を一般書店より一週間遅らせる」というものだ。

版元の利を生かして「早める」のはよく聞くが、「遅らせる」なんてバカバカしいと業界からは揶揄されたが、一般書店から読者を奪うのが目標ではない。差別化は別の形で行おうと社員らが決め、実行に踏み切った。そのため、少しタイミングをずらした発売準備作業があった。

「向後さん、酒に目覚めたんですか？」

在庫の確認をしていると、岡本が話しかけてきた。例の企画の流れだろう。

「え？　ああ、ちょっとね……」

「じゃ、今度一緒に飲みに行きませんか？　っていうか、合コンに誘っていいですか？」

意外な申し出に、一音は驚く。鬱陶しい先輩だと距離を置かれていると思っていたのだ。

「あ、彼女募集中なら……ですけど……」

「いない、いない！　俺でいいの？」

「もちろんですよ！」

岡本は元気にうなずいた。

「向後さんには感謝してるんで」

渋々ながら笑顔の練習を始めたところ、どうやらあちこちから誘われ始め、プライベートも充実しているらしい。

「相乗効果っていうんですかね」

「へえ……でも、確かにいい顔してるよ」

「そうですか？」

「うん。お世辞じゃなくて、本当だよ」

照れ笑いを浮かべる岡本は、以前よりも柔らかい雰囲気になった。話しかけやすい空気が周囲にも伝わっているのだろう。

「彼女はまだできてないんですけど、合コンも手応えあるんですよ。自信を持って話せるようになってきたし……」

「よかったな……あ、でも、参加して、岡本くんのお目当ての子が俺に惚れちゃうとまずいんじゃね？」

あはは……と明るい笑い声が通路に響いた。

「合コンじゃなくても、たまにはみんなで飲みにいきませんか？　このあたりのいい店、結構知ってますすよ。別部署の同期とは行きますけど、年齢が違う人とはなかなかチャンスがないし……酒の企画のアイデアも出るんじゃないかと思うんです」

「……うん」

合コンは話のきっかけ作りで、一音が秦に会議で叱咤されたことを岡本は気にかけていたようだ。一音が思う以上に、落ち込んでいることが顔に出ていたのかもしれない。岡本のさりげない思いやりに、一音は感激する。

「ありがとう。そうだな、岡本くんがいる間に文殊の知恵を発動しなきゃ」

「あ……うちの店を中心にしたマップを作ったらどうですか？」

「ああ……いいかも！」

岡本の思いつきに一音は賛同する。

最近、東京観光のついでに「誠覧堂書店」に足を伸ばす……という人がじわじわ増えていた。周辺のレストランや飲み屋も紹介すれば、足を運びやすくなるだろう。

「すごい、早速の発動！」

「同期の連中にもリサーチしてみますよ。向後さんのオススメのお店ってあるんですか？」

「うん。カクテル好きになるきっかけをくれた人がいて――」

獅子戸のことを言いかけ、一音はやめた。急に話したくなくなったのだ。いや、「Ｂａｒ　レグルス」のことはいい。獅子戸を紹介したくなかった。

「……でも、まだまだ初心者。岡本くんは強いの？　好きな酒は？」

「僕はなんでも……ワインが好きですね」

「お、カッコいいな！」

適当に濁し、話題を変えて作業を続けた。

仕事が終わったのは、終電ギリギリの時間だった。しかし一音は駅へは行かず、「Ｂａｒ　レグルス」へ足を向けた。獅子戸に会いたかった。

閉店まで一時間ほどある。終電で帰った客も多いだろう。軽く一杯飲むにはちょうどいい。しかも明日、明後日は休み――。

「……こんばんは……」

扉を開けると、一音の予想を裏切って、客が多かった。給料日直後だったと気がついたが、なんとかカウンター席に座ることができた。

「いらっしゃい。珍しいね、こんな時間に……」

獅子戸自ら、おしぼりを渡してくれた。

来店は四度目。獅子戸の部屋へ遊びにいってからは二度目だ。獅子戸と純の変わらぬ笑顔、変わらぬ店の雰囲気……「行きつけの店」とは「逃げ込める場所」でもあるのだと改めて知る。

「残業で……急に来たくなって」

「いつでも大歓迎」

嬉しくなったが、同時に思う。自分は客のひとり。獅子戸はどの客にも同じ言葉をかけているに違いない。自分も「誠覧堂書店」にいるときはそうだ。嬉しいけれど、それでは物足りない。

「猛、ちょっと」

常連らしい女性客に呼ばれ、獅子戸はそちらへ移動する。数人で盛り上がっていて、珍しく騒々しい。

代わりに、純がオーダーを取りにきた。

「何にしますか。ジンフィズですか？　ハイボールにしますか？」

純がすぐにそう聞いたのは常連だから……というより、注文する酒のレパートリーが他にないからだった。

「どうしようかな……」

お通しのドライフルーツを食べながら、メニューを眺める。眺めてもよくわからないのだが、慣れてきたふうを装いたかったのだ。

「ボトル……入れようかな……」

一音は思い切って言った。

「えっ」

純が驚いた様子で声を発した。意外だったらしい。

一音もびっくりした。しかし、獅子戸との距離を狭める方法が他に思いつかない。

部屋に招かれはしたが、ここではまだ新参者だ。一歩前進し、本物の常連の仲間入りをしたい。獅子戸の後ろにずらりと並ぶボトルの中に、自分の名前のタグがついたバーボンを置きたい。そうすれば、店に来ない間も獅子戸を監視できる——そんな妙な思いもあった。

おかしなことじゃない、と一音は自分に言い聞かせた。獅子戸も足しげく「誠覧堂書店」に来てくれるではないか。ボトルがあれば、通う理由を考えずに済む。

「ありがとうございます。何にしますか？　ジャックダニエルの黒でよろしいですか？」

「うん」

「ありがとうございます」

純は手慣れた様子で、ボトルキーパーとマジックペンを持ってきた。緊張しながら名前を書き入れていると、獅子戸がカウンター内を近づいてきた。純から伝わったのだろう、

「ありがとうございます」

丁寧に頭を下げられ、照れくさくなった。だが、嬉しい。

「こちらこそ……」

「早速、開ける？　何にしようか」

「ええと……それを使ってカクテルも作ってもらえるんですよね？」

「もちろん」

「じゃ……何かオススメを……」

「マンハッタンはどうかな。バーボンを使ったカクテルの女王様だよ」

「へえ……じゃ、それにしてみます」

「少々お待ちを」

獅子戸はうなずき、ボトルの封を切った。氷を入れたミキシンググラスにバーボン、他に二種類の酒を入れ、ステアする。それをカクテルグラスに注いだ。

逆円錐形にシェイプされたグラスが、夕暮れのような赤で満たされる。ピンを刺したチェリーを浮かべ、獅子戸はコースターに置いた。

「どうぞ」

「わあ……」

一音は感動の声を漏らした。沈みゆく太陽と燃える空を目の前に出されたようだ。艶っぽくて美しい。

ボトルを入れ、カクテルを頼み……単純だが、大人の男の階段を一気に上がった思いだ。

「いただきます」

そっとグラスを持ち、少しだけ口に含む。かなり強い。甘いといえば甘いが、クセの強さが前面に出ている。

「大丈夫?」

眉をひそめたからか、獅子戸が笑った。

「はい……」

思えば、こういったカクテルは初めてだった。

「ジンフィズもハイボールも炭酸で割るから飲みやすかったと思うけど、これはちょっと重いからね」

獅子戸は、強い酒だからグラスが小さいのだと教えてくれた。ゆっくりと飲み、杯を重ねないのが粋とされているとも。

「……でも、後を引く味ですね」

「それのソーダ割りもできるよ」

「いえ、このままでいいです」

大人の男の意地を張り、砂糖漬けのチェリーを齧る。強烈な甘さが舌に広がった。

「甘い……でも、これがあるからちょうどいい感じですね」

「バーボン以外のウイスキーでも作れるから、気に入ったら試してみるといいよ」

「はい」

ふうっと息を吐くと、隣の席の女性が一音を見た。三十代だろうか。黒いジャケットの下にワンピースを着ており、キャリアウーマンという感じだ。

「それ、マンハッタンでしょう？」

「あ、はい」

「美味しいよね。私も大好き。マスター、私にも作って！　ライでね」

「了解」と獅子戸が返した。

「ライ？」

一音の問いに、女性はうなずく。

「そう、ライウイスキー」

「お酒、詳しいんですね」

「ふふふ……実は日本酒メーカーの営業なの」

「えっ！」

名刺を交換し、自己紹介しあった。本社は米の産地にあり、仕事で上京した際は必ず「Ｂａｒ　レグルス」まで足を伸ばすという。

ライウイスキーのマンハッタンを味見させてくれたが、バーボンよりも口当たりが柔らかい気がした。

「……本当だ、違いますね」

「お店によっても微妙に違うのよね……バーテンダーの好みの配合があるから」

「獅子戸さんが作るバランスは、口に合うんですか？」

「ええ。それに、獅子戸さんはルックスもいいじゃない？　せっかくお酒を愉しむなら、ステキな男性に作ってほしいもの」

「それは……そうですね」

人気があるんだな、と一音は思う。店の雰囲気がよく、腕が確かで美形のマスターがいるところを選びたくなって当然だ。

「彼女、いるのかなあ……」

女性は、他の客と談笑している獅子戸に意味ありげな視線を送った。

「いるわよね、きっと」

「さ……さあ」

今はいませんよ、とは言えなかった。他人のプライベート事情を勝手に教えるわけにはいかない。というより、教えたくない。彼女のように魅力的な女性は、積極的に獅子戸にモーションをかけてほしくない。

一音はカウンターに並ぶ客を眺める。誰もが楽しそうだ。ここに来る目的は酒ではなく、獅子戸だったら――あの猫たちのように……いや、自分のように。

「あの……もう一杯」

残っているマンハッタンを飲み干し、一音は獅子戸を呼んだ。歯の下でチェリーがぐにゃりと潰れ、甘味がアルコールと共に全身を駆け巡る。

「気に入った？」

一音はうなずく。だが、酒が欲しかったわけではない。獅子戸と話がしたかったのだ。まだ、足りない。

「私はおしまいにする。明日も働かなきゃならないし」

女性もマンハッタンを飲み干し、純に精算を頼んだ。それを見た他の客の間にも帰り支度の空気が流れる。

客が次々に出ていき、一音だけが残った。純が戸惑うように見る。一音の前に出された新しいマンハッタンが、どうやら今夜の最後のカクテルのようだ。

俺が帰れば店じまいできるんだ。邪魔だし、帰るべきだよな……一音は赤い液体を一気に飲む。さすがに喉が焼けた。

チェリーを残したまま、財布を鞄から出しかけたとき、獅子戸が尋ねた。

「向後くん、酔った？」

いつもより強い酒だが、特に問題ない。しかし、一音はためらいがちに答えた。

「あー……はい、ちょっと……」

「大丈夫ですか？」と純。

「うん、気分は大丈夫。少し、クラクラするだけだから」

嘘だった。居残る理由がほしかっただけだ。獅子戸が水の入ったグラスを出した。

「片づけるけど、いていいよ」

「え……」

「送っていくよ」

「……あ……」

どうしよう、嘘なのに——でも……嬉しい——。

「……はい」

一音はテーブル席へ移動し、ふたりがてきぱきと片づけ中、うつむき加減で座っていた。手伝いたい気持ちが膨れ上がったが、酔ったことになっているのでそれもできない。罪悪感と送ってもらえるという喜びの狭間で、早く時間が過ぎることだけを待った。

「あとは明日にしよう。純、もういいよ」

三十分ほど経ったところで、獅子戸が純に言った。自分がいるせいで、早く切り上げたのは明らかだ。ごめんなさい、ごめんなさい……と一音は口の中で唱える。

「じゃ、おやすみなさい」

素早く着替え、純は頭を下げた。

「気をつけて」

一音の言葉に微笑み、純は扉を出ていった。一音はホッとする。

数分後、獅子戸も奥から出てきた。パーカにカーゴパンツ、エンジニアブーツというい で立ちに変わっていたが、急いでいたからか、髪は後ろで結んだままだ。一音は立ち上がり、頭を下げる。

「すみませ……っと」

「おい！」

テーブルの足に靴を引っかけ、よろけた。酒のせいではなく偶然だが、獅子戸が両腕を伸ばし、支えてくれる。

「もっと弱い酒にすればよかったな」

「いえ、二杯目は自分で選んだから……」

「タクシーで帰ろう」

「え、そんな……近いし――」

「近くてももう電車がない。歩く以外にないだろ？　余計に危ないし、いくら俺でも背負うのは無理」

ジャケットを羽織った獅子戸と連れ立って店を出る。待ちかねたかのように猫が集まってきたが、獅子戸の命令で素直に散っていった。

大通りに出たが、空車のタクシーがなかなか来ない。少し離れた場所から猫たちが様子をうかがっていることに一音は気づいた。

あの猫たち、やっぱり獅子戸さんが好きなんだ、俺みたいに。

——好き？　俺も獅子戸さんも男なのに？

「危ないよ」

歩道すれすれを走り抜けていく車の前で、獅子戸が一音の腕をぐい！と引っぱった。

「あ……すみません」

引っ張られた勢いで、一音は獅子戸の胸に寄り添う。

痛みを覚えるほどしっかりとした腕力、胸の広さ、胸板の厚さ——カウンターやテーブル越しに感じてきた逞しさを体感し、一音の心臓は甘く弾んだ。

どうしよう、本当は酔ってないってバレてたら……男同士なのに、妙な気持ちでぴったりくっついてるって知られたら……。

ようやく「空車」の赤い表示を出しているタクシーが停まった。先に獅子戸が、続いて一音が乗り込む。

後部ドアが閉まる。

「どちらまで？」

運転手が聞いた。

一音は疲れたようにわざとらしく大きく息を吐き、目を閉じる。そして思い切って、獅子戸の肩先にもたれた。

「ええと……」

数秒の間の後、獅子戸は己が住むマンション近くの公園の名を告げた。安堵すると同時に、鼓動が速くなる。

「大丈夫？　いいよ、寄りかかって」

もう寄りかかっているのに……と思ったが、獅子戸自身のその言葉に後押しされ、一音は身体から力を抜く。するとそれに応えるかのように、獅子戸の手が一音の腰に回った。

この間も今夜も、獅子戸の接触はさりげない。この程度は、相手が誰でも獅子戸にとって自然なことなのかもしれない。

この先は、考えても仕方がない。考えたくない。大した恋愛経験も性体験もない自分には、流れに任せる以外、同性への気持ちなど確かめようもない。ただ、このままでいたい。

心配だから、俺の部屋の場所がわからないから自分の部屋へ連れていった、泊めた……それだけでいい。隣に座った女性やかつての恋人、群がってくる猫たちとは違う、特別な存在なのだと思いたい――ほんの一時でいいから。

十分ほどでタクシーは公園に着いた。獅子戸に揺り動かされ、うつむいたまま降車する。

「大丈夫？」

タクシーが走り去ると、獅子戸はまた聞いた。一音はうなずく。本当に酔ったのかもしれない――酒ではなく、獅子戸の魅力に。

「すみません……」

「謝るのは明日でいいから」

「あ、明日？」

「泊まってけ」

獅子戸は一音の腕を摑み、歩き出した。その力に任せてついていく。心臓が爆発しそうだ。猫の気配はない。

部屋へ入ると獅子戸は一音のマフラーとピーコートを脱がせ、エアコンのスイッチを入れた。

「横になってて」

ソファを示され、一音は素直に座る。

「は、はい」

クッションに頭を乗せ、細目でこっそり様子をうかがっていると、獅子戸は階段を上がっていった。ブランケットか何かを持ってきてくれるのかもしれない……と思っていると、すぐに獅子戸は下りてきた。

「向後くん、階段上れる？　大丈夫？」

一音は目を開けた。

「あ、はい……？」

「二階の俺のベッドで寝て」

「え……そんな……」

驚き、さすがに慌てて首を横に振った。

「い、いいです、ここで――」

「風邪を引く。吹き抜けだから、そこはかなり冷えるんだ」

「でも、獅子戸さんは？」

獅子戸は笑った。

「俺は体力あるから大丈夫。夜型だしな。ほら、早く」

追い立てられるようにして一音は階段を上がり、寝室へ入った。天井の明かりがすりガラスを通し、ぼんやりと部屋を照らす。

前回の来訪時は気に留めなかったが、ベッドはダブルだった。長身だからだろうか。ブランケットの上には畳んだトレーナーとタオルが置いてあった。

「風呂は明日、起きてから入ればいい。トレーナーは、俺のじゃかなり大きいと思うけど……ジーンズで寝るよりいいだろ」

「あの……俺、本当に下で――」

「せっかく上がってきたのに？」

「じゃあ、一緒に……」

言ってから、とんでもないことを口走ったと思った。獅子戸への感情からというより、申し訳なさから咄嗟《とっさ》に出てしまっただけなのだが、一音は困惑する。

「い、いえ、あの……えっと……寒いっていうなら……」

「あのねえ……」

獅子戸がため息をついた。

呆れられた？　嫌われた？　どうしよう――。

次の瞬間、一音は獅子戸の腕を摑んでいた。

「……向後くん？」

怪訝そうに見られ、すぐに腕を放す。

「あっ、ご、ごめんなさい！　な、なんでもないです、はい、あの……あの……」

一音は視線をあちこち移動させた。獅子戸を見て、逸らし、また見上げる。

「や、やっぱり帰ります！」

恥ずかしさといたたまれなさに包まれ、階段のほうへ足を動かそうとした。しかし突然、視界が何かに遮られた。身体の前面に衝撃が走る。

「え……？」

目の前に獅子戸の胸があった。抱き締められたのだ。

「もう限界……ッ――」

「獅子戸さん……？」

「この間だって我慢したのに……なんだよ、これ……」

やっぱり怒ってる。酔ってないことがバレたんだ――責めるような言い方に、一音は震えた。

「ご……ごめんなさい、俺――」

「今夜だって、須藤《すどう》さんといい雰囲気になってるところを見せつけて……」

「須藤さん？　ああ、隣の席の……あれは――」

あなたの話をしてたんですと説明する前に、獅子戸の苦し気な声が降ってきた。

「頼むから……誘ってるんだって言ってくれよ……」

「え？」

身体を離し、獅子戸は一音の顔を覗き込んだ。

「俺……ゲイなんだ」

「……へ……？」

「意味、わかるよな？　男が好きなんだ。で、君に好意と……欲望を抱いてる」

じゃあ、階段で膝に触れたのも、タクシーで腰を抱いたのも……？

「だから……逃げるチャンスをやるから、俺の理性が飛ぶ前に言ってくれ――絶対に嫌だとか、気持ちが悪いって」

「い……嫌じゃないです」

一音は視線を獅子戸の胸元に落とし、小さく首を横に振った。

「……え……君もゲイ？」

「違います。違う……と思いますけど……よくわかりません。こういうの……初めてで……」

「……ああ、童貞だっけ」

「う……はい。だから、セックスのことはわからないけど――い、嫌じゃないです。酔って言ってるんでもないです」

「もしかして……酒の勢いを借りた？」

「はい……ごめんなさい。ほんとはそんなに酔ってないです。獅子戸さんと一緒にいたくて……帰りたくなくて……だから、あの――」

一音は獅子戸にしがみついた。

「ど……童貞、もらってください……！」

「向後くん……やけくそでそんなこと、安易に言うもんじゃないよ」

「本気です！」

「……やっぱり、誘ってるだろ」

包み込むように抱き締められ、身体も心もきゅっと縮こまった。

「違います。そういうんじゃなくて――」

「童貞もらってなんて、俺を殺す気かよ……」

頬を両手で包み、獅子戸に唇を奪われた。

「違……う、う……」

唇を吸われ、こじ開けられ、舌を挿入された。

軽いキスなら知っている。だが、これは違う。あれがキスなら、これは侵入、略奪だ。甘くて、気を失いそうなほど気持ちがいい――。

「は……あ……」

膝から力が抜けてしまい、一音はぐったりと獅子戸にもたれかかった。

獅子戸は一音を抱きかかえてベッドに横たわる。身体をがっちりホールドされ、再びキスの嵐に見舞われた。

「ん……」

唇を重ねながら、獅子戸は左手で一音のセーターの裾をまくり上げた。そのままセーターの中を進み、右手がデニムの前をまさぐる。

「……や……」

反射的に、獅子戸の手を押さえた。獅子戸が身体を起こし、一音を見下ろす。結んだ髪が乱れていた。

「あ……ごめんなさい。つ、続けてください。やめちゃ嫌です……」

ムードを殺《そ》いだのか、やる気を萎えさせたのかと不安になり、一音は必死に言った。

「……やめられるはずないだろ」

獅子戸は微笑み、髪を撫でてくれた。

「大事なこと、言うのを忘れてた。俺は一音が大好きだ。一音は……俺のこと、好き？」

一音はうなずく。

「はい。大好き、です」

両想いだとわかり、自信を持って告白できた。それなのに、泣きたくなった。

「ゲイだってわからずにそう思った？」

「はい。後をつけたときは、そういうのはありませんでした。惹かれてはいたけど、あくまでも猫目当てで……」

「はっきり言うなあ」

「ごめんなさい。でも、話をするようになって、尊敬できる人だって思って、憧れて、もっと一緒にいたいって——他の誰かに獅子戸さんを奪われたくないんです……」

「嬉しいよ」

「さっきゲイだって聞いて、よかったって、さっき思いました。変な言い方ですけど……俺、おかしいのかな、嫌われるかなって思ったから……だけど、会いたくて……」

言いながら、涙が滲んできた。

「須藤さん、獅子戸さんに気があるみたいでした。だから急に、取られたくない！って思って……でも、どうしたらいいのかわからなくて……すみません、俺、子どもみたいですよね……」

自分で思う以上に緊張していたらしい。励ますように、獅子戸が頰にキスをする。

「君の待ち伏せに気づいたときは驚いたけど、嬉しかったんだ。この間、来てくれたときは……童貞だとかテントで寝たいとか言われて、帰した後、大変だったよ……」

「大変？」

獅子戸の手が一音の手首を摑み、下腹部へと導く。カーゴパンツの前に触れさせられ、一音はビクッと震えた。

「……あ……」

余裕のあるデザインにもかかわらず、その部分の生地は突っ張っていた。身に覚えのある疼《うず》きが、自分の同じ部分にも生まれる。

「こうなって、一音のことを考えて、何度も何度も……意味、わかるよな」

「は、い……」

ためらいがちに指先でそこを撫でると、生地越しだというのに熱と硬さが伝わってきた。自分を想ってこうなるのだと知った以上、指を動かさずにはいられない。また、そうすることで自分の身体も火照っていく。

「普通のＡＶは観るだろ？」

「はい」

「男女の違いはあっても、セックスなんてやることは大体決まってる。でも……君は女の子の側だってこと、理解してる？」

優しい問いかけに、一音は手を止める。そこまでは考えていなかった。同性ゆえ物理的には逆のポジションも可能なのだろうが、それはもっと考えられない。

「少なくとも、俺はそのつもりでいる。だから……」

獅子戸が猫たちに向かって諭すように告げる「おかえり」という言葉が耳によみがえった。言われたくない――一音は両腕を伸ばし、獅子戸の首にしがみつく。

「嫌だ、絶対に帰りません……」

声と身体が震えた。

「獅子戸さんが好きなんです。嘘じゃない……」

不安はある。でも、あの猫たちのように、聞き分けのいい存在にはなれない。

「……何でもします」

「そういうことは、簡単に言うもんじゃないよ。俺の本気は……多分、君が想像するほど甘くはないから。でも――」

獅子戸は一音の背中を抱き、微笑んだ。

「今日は許す。触るだけにしよう。下、脱いで」

「……はい。あの、下着も？」

「当然」

一音は座ったまま、震える手でおずおずとデニムのファスナーを下ろした。恥ずかしさをこらえ、セーターを引っ張って陰部を隠しながら、下着ごと脱ぐ。靴下は引っかかって、一緒に脱げてしまった。

獅子戸も同じように下だけ素っ裸になる。

「こっち向いて……近寄って」

両膝を立て、向かいあわせに座る。腰をぐいと抱き寄せられ、下腹部がぶつかるほど近づいた。

「あ……」

男性同士のＡＶは観たことがないが、何をするのか想像はついた。

獅子戸のモノは、隆々としていた。長さも太さも、目を見張るほど立派だとしか言いようがない。比較の対象は自分の分身しかないが、少なくともずっと雄々しかった。

服を脱ぐのとは異なる羞恥に包まれ、一音は緊張した。サイズもさることながら、自分の分身は皮が剝け切っていないのだ。

「さっきみたいに手を回して」

獅子戸に命じられ、一音は腕を伸ばす。座った体勢のままなので、陰部はより一層近づき、互いのモノが触れあった。甘酸っぱい疼きが走る。

「あ……っ……」

「キスしよう」

一音はうなずき、目を閉じる。柔らかく唇が重なると同時に、獅子戸の指がふたりの分身を一緒に握り締めた。そしてすぐに手を動かし始める。

「……ふ……」

甘酸っぱい疼きが、本物の快感に変わった。湿り気がある。獅子戸の唾液かもしれない。

骨張った大きな手のひらで擦られるだけでなく、獅子戸のモノの硬さや形の感触が卑猥で、たまらない。最初は片手だったが、すぐに余っている手も加わった。

「あ……は……」

「気持ちいい？」

一音は首を縦に振る。自分以外の手淫による快楽は、想像をはるかに超えていた。

「ちゃんと声にして……言ってごらん。もっとよくなるから」

「……気持ち……いいです――あっ……！」

獅子戸は手を大きく上下させていたが、指の動きは繊細だった。自分のモノに押しつけながら、指の腹で一音の皮を剝こうとしているのがわかり、顔が熱くなる。

「や、あ……それ、や……っ――」

「大丈夫、恥ずかしくないよ」

露出した一音の亀頭とくびれに、獅子戸のそこがグリグリと当たった。痛みにも似た強烈な悦びが生まれ、すぐにもイってしまいそうになる。

「ああ、あ——や、だ……っ……」

そう言いながら、一音は腰をくねらせる。自分の声が女の子のようだと思ったが、止められなかった。

「やだ、じゃないだろ？　こんなに濡れてるんだから……」

「……いい……」

「イきそう？」

「うん……」

「イきたい？」

一音はうなずく。

「一音、俺にキスして」

命じられるまま、一音は唇を獅子戸のそこに押しつけた。テクニックなど考える間もなく情動に任せて唇を重ね、絡んでくる舌を受け止める。

「ん……う……」

互いの先走りの露のぬめりを借り、獅子戸の指は激しさを増した。熱く脈打ち、腰の奥が痙攣し始める。

「……ッ……だめ……あ、あっ、あ……だめ……ッ——！」

突き抜ける絶頂感に身を委ね、一音は達した。すぐに獅子戸の呻《うめ》き声が聞こえ、どろり……とあふれた精が指を伝い、甘い余韻の残る分身にまぶされるのがわかった。

「あ……」

ぐったりと肩に頭を預ける。獅子戸はそばにあったバスタオルを摑み、手、そして下腹部を拭ってくれた。

「こんな感じだけど……気に入った？」

射精直後のぼんやりとした温かさに包まれ、一音はうなずく。

「はい……俺、まだ童貞ですか？」

獅子戸は笑い、一音の髪をくしゃくしゃと弄《いじ》った。

「それ、気になる？　いずれ、俺がもらっていいことになってるのに……」

そうか、と思った。この人にすべてを預けるんだから、こだわる必要はないのか。

「他の誰かに触らせるつもりはないから、覚悟しとけよ。俺、嫉妬深いんだ」

「……はい」

それからシャワーを浴び、一音は大きすぎる服を借りて、獅子戸のベッドにもぐり込んだ。

＊＊＊＊＊

翌朝、一音はふわふわした感触で目が覚めた。

腕枕をしてくれている獅子戸の身体は胸板が厚く、腹部は引き締まっている。どこもかしこも硬く、柔らかさはないが、幸せだった。

だから顔にかかるふわふわしたものが何なのか、最初はわからなかった。くすぐったさに目を開けると、真っ白な毛に覆われたものが見えた。丸く、内側はピンク色だ。

何だろう……ああ、猫の耳だ。かなり大きい。でも、どうしてこんなところに猫の耳が……。

「……獅子戸さん?」

それは、熟睡している獅子戸の頭にくっついていた。昨夜、眠りについたときにはなかったはずだ。

一音は少し考え、笑った。きっと、コスプレ用のカチューシャだ。俺が目覚めたときのサプライズ用につけてくれたのかな。可愛いなと思いつつ、そっと指で触れる。

「ん……」

獅子戸が呻いた。一音は笑いをこらえ、白い耳を引っ張る。よくできている。本物の毛のような手触りだ。

「……一音……?」

獅子戸のまぶたが上がり、色素の薄い虹彩が一音に向けられた。眩《まぶ》しそうだった。日中は弱い、ということを忘れていた。

「ごめんなさい、つい……可愛くて」

可愛いという単語に、獅子戸も微笑む。

「寝顔が？」

「いえ、この猫耳が……」

一音は少し強めに耳をつねった。

「痛て……」

獅子戸が顔をしかめ、自分の手をその部分へやる。

「ふわふわですね、本物みたい……」

「……本物も何も――」

徐々に目が大きく開いたかと思うと、獅子戸はがばっと起き上がった。両手で耳に触れ、ぐいぐいと横に引っ張る。

「どいて！」

獅子戸は突然怒鳴り、一音を押しのけてベッドから下りた。そして、一目散という表現がぴったりのスピードでバスルームへ駆け込んだ。

トイレに行きたかったのかな？と一音はバスルームのドアを見守る。

数秒後、中から「ぎゃあああああ！」という雄叫びにも似た絶叫が聞こえてきた。一音はビクッと震え、慌ててベッドを下りる。

「し……獅子戸さん？」

バスルームへと走り、ドアを叩いた。

「獅子戸さん、どうしたんですか？」

獅子戸は答えない。出てくる気配もない。一音は再びドアを叩く。

「獅子戸さん？　大丈夫ですか？」

返事がない。一音は思い切って、ドアノブを回した。かすかに開いた。そのまま手前に引こうとしたが、内側から強い力がかかっていて、びくともしない。なぜか、獅子戸が押さえているのだ。

「獅子戸さん、一体――」

隙間から獅子戸の目が見えた。血走っている。

「一音……悪いが、帰ってくれ」

「え？　あの……何か――」

「なんでもない！　なんでもないから……今はひとりにしてくれないか？　あとで……必ず連絡するから……」

「でも――」

「頼む」

ドアは閉まり、内側から鍵をかける音が聞こえた。

わけがわからず、一音はそこに茫然と立ち尽くした。

7

翌日、一音は朝からスマートフォンばかり気にしていた。

昨日の早朝突然、獅子戸の部屋を追い出された一音は自分の部屋へ帰ったものの、茫然とする以外、何もできなかった。「Ｂａｒ　レグルス」へ行った後のめくるめく出来事が、すべて夢だったような気がしたのだ。

連絡をすると言ってくれた獅子戸からは何の音沙汰もなく、せっかくの休日を丸一日、ぼんやりと過ごしたが、今日は溜まった家事をこなした。そして、思い切って自分から獅子戸にメールを送った。

気持ちが通じあって嬉しかったこと。初めての経験に緊張したこと。相手が獅子戸でよかったと思っていること。この先どうなるにせよ、伝えた気持ちは今も変わらないこと。その上で、何があったのか教えてほしいと綴った。自分に落ち度があったなら謝りたい、具合が悪いのなら看病にいきたい、自分にできることがあるなら何でもしたい——。

だが、返信はない。留守番電話にメッセージも残したが、やはり返事はなかった。気持ちが高ぶっていたためか、「明るいうちはあまり使いものにならない」という獅子戸の体質を思い出したのは昼頃だった。

活動し始めるのは夕方以降だろう。店もある。夜には何かリアクションがあるかもしれない、あればいい……そう祈りながら録画した映画やテレビ番組を観始めたが、中身がまったく頭に入ってこない。

嫌われるようなことをしたか、何度も自分の言動を反芻《はんすう》したが、わからない。あるとすれば、酔ったフリをしたこと、猫耳を引っ張ったことぐらいか。後者に関しては「なぜ猫耳がついていたのか」という疑問もあるが、他に思い当たることはない。

不安で、不安で、どうにかなりそうだった。いてもたってもいられず、ついに部屋を訪ねようと靴を履きかけたとき、スマートフォンが鳴った。

「し、獅子戸さん？」

玄関で右足だけスニーカーに突っ込んだ状態で、一音は通話に応じた。

『……昨日はすまん。それからメール、ありがとう』

暗く、力のない声だった。こんな声は初めて聞く。

「いえ……あの、大丈夫ですか？　体調が悪いとか、そういうのは……」

『違う――いや、そうかも……』

話せて嬉しいと思うのも束の間、どんどん萎んでいく声に、さっきとは別の不安が押し寄せる。

「俺……何かしました？」

獅子戸は『それはない！』とそこだけ強く否定した。

『一音は何も悪くない。怒ってもいないない。怒鳴って……帰れって言って悪かったよ。あれはただ、俺が……』

また声が力を失っていく。何があったんだろう……恐怖が不安を覆いかけたが、それを勇気が跳ね除けた。助けたい。助けなきゃ。俺以外の誰がやるんだ――。

時計を見た。開店準備まで、まだ二時間ある。

「これから行きます」

だめだ、とは言われなかった。というより、何も言われない。

「行きます」

そう宣言し、一音は左足もスニーカーに突っ込んだ。慌ただしく部屋を出て、タクシーを拾う。自転車か電車でも行けるが、一秒でも早く獅子戸のそばへ行きたかった。急がなければ、獅子戸が姿を消してしまうような気がしたのだ。

十五分後、一音はタクシーを降りて獅子戸のマンションに向かう道を走った。エントランスで、息せき切って部屋番号を押す。獅子戸はいた。オートロックを解除してもらい、部屋の玄関へと進む。

「……獅子戸さん……」

ドアの向こうには、オフホワイトのセーターを着た獅子戸が立っていた。元気はなかったが、具合が悪そうには見えない。

「すまん、心配かけ――」

最後まで聞かず、一音はスニーカーを履いたまま、獅子戸にしがみついた。

「……よかった……」

「一音……」

「俺、なんかすごく怖くなって……だって獅子戸さんの声、いつもと違ったから……」

「……一音……」

抱き締め返され、頬に髪が触れる。湿っていた。

「……濡れてます」

獅子戸は笑った。

「行きますって言われて、シャワー浴びたんだ。昨日も今日もぼーっとしてて……無精ひげも生えてたから」

笑ってもらえて、ようやく安堵する。涙があふれた。

「俺、何か、変なことしました？」

「違うよ。さっきも言っただろ？」

「じゃあ、何？　違う、でも言えない……そういうことですか？　好きって言ったばかりだけど、俺……獅子戸さんが苦しんでいるなら、何もしないでいるのは嫌です。獅子戸さんが望むなら、抱かれるのだって平気です」

「一音……」

「俺は単純で、突っ走ると周りが見えなくなって、鬱陶しいお節介野郎で、おまけに童貞で、取り柄なんてひとつもないけど――」

「取り柄はあるよ！」

獅子戸の手が肩を強く摑んだ。

「……俺を本気にさせたこと」

そうつぶやいた唇が、一音のそれに重なった。夢中でキスに応えながら、スニーカーを必死に脱ぐ。身体を寄せあったままリビングへ行き、ソファにもつれ込んだ。

ピーコートを脱がされ、押し倒される。その間もキスは止まらない。言葉はなく、互いの荒い吐息だけが空間に響く。

映画や小説で、愛する人を慰めるために抱きあう――というシチュエーションをよく見かけたが、その意味がわかった気がした。言葉ではなく、肉体でしか語りあえない、共有しあえない時間もあるのだ。それができるなら、何を失ってもいい。きっと与えるもの、そして得るもののほうが大きいはずだから。

「あ……」

一音のセーターをまくり上げた獅子戸の手が、Tシャツの胸をまさぐった。小さな突起を探り当てる。

「……ッ……」

鋭い刺激に身体が震えた。だが、気持ちがいいというより、敏感に反応しているだけのようだ。獅子戸のもう一方の手の指が、同じように突起を弄る。生地越しにもかかわらず、触られる度にビクン、ビクンと一音の身体は痙攣した。

「……ひ……」

最初は電流に似た刺激だけだったのに、それはやがてこらえがたい疼きに変わった。終わりがなく感じ続けるのだと気づいたときには、すでに下着の中の分身は硬くなっていた。

「あ、あ……ん……」

甘ったるい声が止められない。一音は目を閉じ、うっとりと愛撫に酔う。

「獅子戸さん、昨日のこと……」

「あとで話す。今はこのまま……」

獅子戸が一音のデニムのボタンを外した。ファスナーを下ろす、ジジ……という音に期待が高まる。乳首と性器、両方一緒に弄られたら、おかしくなるかも——。

一音はうっすらと目を開けた。獅子戸の頭にまたあの猫耳が見えた。

どうして猫耳を着けるんだろう、しかもこっそりと。いつ、どうやって着けたのかな。触ったら、また昨日みたいになるかな……でもプレイの一種だったら、触ってあげたほうがいいのかも……童貞が長い分、妙な知識だけは増える。

獅子戸の手が止まった。一音の視線に気づいたらしい。

「……うん？」

一音はゆっくりと手を伸ばし、獅子戸の猫耳に触った。今度は引っ張らず、確かめるように優しく撫でる。

獅子戸の髪が総毛立った――ように見えた。

「一音、離し――」

獅子戸が一音の手を振り払う前に、一音の指が獅子戸の頭皮に到達した。

カチューシャのバンド部分が、ない。いくらまさぐっても見つからない。耳の根元と皮膚が一体化している。堺がない。まるで生えているようだ。

一音は獅子戸の顔、そして頭をじっと眺めた。部屋の白い壁、セーターの白、白い猫耳……いや、獅子戸の耳――白い……。

「一音、これは……」

視界が端から白く濁っていく。

「一音……一音⁉」

ふーっと頭、そして身体が軽くなった。

ぱち、ぱち……と音がした。続いて、頬に刺激が走る。

「え……」

視線が獅子戸を捉え、それから頬を叩かれているのだとわかった。

「ああ、よかった……大丈夫か？」

「あの……何が？」

「急に気を失ったんだ」

獅子戸の腕を借り、半身を起こす。獅子戸はオフホワイトのセーター姿だったが、猫耳はない。

「ああ……ごめんなさい。何か、変な夢を見たような……」

「夢？」

一音はうなずき、自分の頭の上で両手をひらひらさせた。

「獅子戸さんの頭に猫耳が生えてたんです。ベッドで見たカチューシャが、記憶に残ってたのかな……」

獅子戸は一音を見つめ、がっくりと肩を落とした。

「……はー……」

深いため息に、一音は驚く。明らかに落胆のため息だ。

「え……ど、どうしたんですか？」

少し考え込み、獅子戸は何かを決意したかのように両手を髪の毛の中に突っ込んだ。洗髪する要領でわしゃわしゃと髪を掻く。すると「ぴよん」という擬音を伴うように、あの白い耳が飛び出したではないか。

どういう仕組みになっているんだろう――一音は黙って手を伸ばし、そっと触れた。獅子戸は何も言わず、じっとしているが、くすぐったそうだ。撫で、軽く引っ張り、根元へと指を進める。やはりバンドはない。

夢じゃない。頭皮から生えているんだ。

また、ふーっと意識が遠のきかけた。

「一音！」

叫び声と共に背中を抱き止められ、一音の意識は戻った。

「……獅子戸さん……人のものじゃない耳が生えてます……」

意識したわけではないが、どうにか聞こえるレベルの細い声が言った。

「そうなんだ。他にもある」

「他？」

「いいか、驚かないでくれよ……」

獅子戸は一音の背中を左手でしっかりと支えたまま、右手をチノパンツの後ろへ回した。パンツの中に突っ込み、ごそごそと動かして何かを引っ張った。

今度は白くて長いものが「ぴょん」と出た。綱のようだが、先端だけがふさふさとしている。

「……尻尾？」

冷静に単語が口を衝いた。

「ああ」

猫ではない。犬とも違う。でも、どこかで見たことのある尻尾だ。

「あー……」

あれだ、と思った。野生の動物のドキュメンタリーで観た。

「ライオンの尻尾！」

ピンポン！と正解マークが脳裏に登場した瞬間、一音はまたふらりとした。

「一音！」

「だ、大丈夫……っていうか、何、それ！」

一音は反射的に獅子戸を押しのけ、ソファから下りて立ち尽くした。目の前には白い耳、白い尻尾を備えた獅子戸が、戸惑いと諦め、悲しみを混ぜたような表情で座っている。

「……そうなるよな……」

「え……？」

「昨日の朝、急に生えたんだ」

「ほ、本物……なんですか？」

獅子戸は渋々……といった様子で立ち上がり、背中を向けた。チノパンツとボクサーショーツをずり下げる。

「見ろ」

「え、ちょっと……」

「いいから、見ろって」

一音は両手で目を覆い、指の隙間から覗いた。それは背骨の終わり——臀部のあわいのあたりから生えていた。間違いない。くっついているのではなく、生えているのだ。

「き……聞いてないです」

ごくっと唾液を呑み、一音は言った。

「俺だって聞いてないよ。だから言ってない。でも今、見てるだろ？」

「そ、そうですけど……」

獅子戸はチノパンツを引っ張り上げて尻尾をたくし込み、再びソファに座った。

「何かあるかも……とは聞いてたけど、まさかこんなこととは……」

獅子戸は膝を抱え、うなだれた。尻尾も一緒にうなだれる。

「何か、ある？」

衝撃が治まると、目の前の獅子戸が可哀想に思えてきた。事情はわからないが、しょんぼりした顔と耳と尻尾に、一音の胸は締めつけられる。意を決し、隣に座り直した。

「あの……心当たりがあるんですか?」

獅子戸は視線を逸らしたまま、うなずいた。

「ひいじいちゃんの話、覚えてる?」

「はい。イギリス人でしたよね」

「貿易会社を経営してたんだって。で、世界中のいろんな国へ行って……」

アフリカへ行った際、獅子戸の曾祖父はひどい熱病に罹り、現地の有名な祈禱師に治癒を祈ってもらったという。そのとき、白いライオンが現れた夢を見たらしい。回復後、祈禱師や面倒を見てくれた人々にその話をしたところ、「それは神の使いである白ライオンに違いない」と教えてくれたそうだ。

「白ライオン……ドキュメンタリー番組で観たことあります。野生では少ないって」

一音は言った。獅子戸は続ける。

「問題はそこから先。それ以来、ひいじいちゃん、ピンチに陥ると必ず夢に白ライオンが出るようになったんだって。ひいばあちゃんとの出会いも、夢で先にわかってたらしい。やっぱり仕事で行った香港《ホンコン》で、旅行中のひいばあちゃんに会って……名前が獅子戸だって知って、こりゃ運命だーっ！って口説き落としたんだってさ」

ロマンチックで心が躍る話だが、獅子戸の声は暗かった。

「そういうの、一族はみんな、耳にタコができるほど聞かされてきたんだって。俺はひいじいちゃんに会ったことはないけど、日記があるんで、細かいところまでわかってるんだ」

「でも……どうして、白ライオンが？」

「さあ……ばあちゃんの話じゃ、ひいじいちゃんはどの国へ行っても現地の人と親しく、平等につきあってたらしい。昔は、欧米人でそういう人って珍しかったから、アフリカでもみんなよくしてくれたんだと。そのせいじゃないかって」

「お礼……だったのかもしれませんね」

耳と尻尾の違和感を忘れ、一音は獅子戸に身を寄せた。

「そのあたりまでなら作り話か、ただの思い込みじゃん？って思うだろ？　でも、白いライオンの夢はばあちゃんもおばさんも、おふくろも姉貴も見てるんだ……一族の女はみんな、ピンチになると夢に出てくるんだって」

「女性だけ、ですか？」

獅子戸は苦笑する。

「俺が生まれるまで、女系だったんだよ」

「獅子戸の姓を残すこと」という曾祖父の遺言に従い、娘たちは婿を取った。しかし、直系の男子はなかなか生まれない。ようやく生まれたのが、獅子戸だった。

「でも、俺は白ライオンの夢なんか見たことないんだ。姉貴なんか、受験の前やスポーツの試合の前とか必ず夢に現れて、何もかも上手くいってる。思い込みだとしても不公平だ！って俺は怒って、やっぱりホラだろって思ってたんだけど……」

「ああ！」

一音の中で、ようやくすべてが一本につながった。夜行性であること、狭い場所が好きなこと、猫たちが寄ってくること……。

「猫たちの王様、だったんですね……」

「別に、俺は何もしてないけどな」

彼らの緊張に満ちた恭《うやうや》しい態度、獅子戸の言葉を聞き入れる理由——すべてに納得がいく。

「うちではずっと『猛は男だから、恩恵を受けないんだ』ってことになってたわけよ。根拠はないけど、男子の前例がないから予測もつかないしな。でも、二十歳を境に身体が夜行性に変化して……原因はわからずじまいだけど、俺も家族も『そう来たか！』って感じだったんだ。でも、面倒なだけで恩恵なんてひとっつもない。その上、これかよって……」

獅子戸は自分の頭を軽く振る。心なしか、耳はさっきよりも小さくなっていた。

「あの、サイズが縮んで……」

「うん、ずっとあるわけじゃないんだ。一音が来たときはなかったろ？」

「はい。ということは、何か法則が……？」

一音の顔を、獅子戸が凝視する。何だろう……と考え、やがてハッとした。

「……え、俺？」

「多分」

「え……えええええ！　で、でも……今までは――」

「欲情すると、出るみたいだ」

「欲情すると、白いものが……」

妙な目で見られ、一音は慌てて手を振った。

「わあああ！　ちっ、違う、違います！　そういう意味じゃないです！」

「わかってるよ。でも、一音が電話で行きますって言ってくれたときも、玄関でしがみつかれたときも、ムズムズはしてたんだ」

「へ……へえ……」

「正直に言うと、初めてここに来てくれて階段で話したときも、誘ってるんじゃないかって言ったときも、そういう感覚はあった。でも、そっちのムズムズじゃないと思ったから……」

「あ、ああ……でも、今までつきあった人は？」

獅子戸は首を横に振る。

「なかった。だから驚いたんだ。驚いて……どうしたもんかと……」

話すことで楽になってもらえるかと思ったが、逆だった。獅子戸の困惑はどんどん深まるようだ。そうなるにつれ、耳も尻尾も縮んでいく。耳など完全に髪に隠れ、寝ぐせで盛り上がってるようにしか見えない。

「どうしたもんか、って……日常生活のことですか？　でも、ずっと出てるわけじゃないなら、なんとかなりますよ」

一緒にどんよりと落ち込んでも仕方がない。それより力づけたいと思い、一音はできるだけ軽く言ってみた。

しかし、効果はあまりなかったようだ。獅子戸はじろりと一音を見る。

「気持ち悪くないのか？　俺は気持ち悪いよ。気分じゃなくて、こうなることがさ。一音のことを考えて盛《さか》ると、白ライオンの耳や尻尾が出るなんて……おかしいだろ」

「それは……他の人はどう感じるか、わからないけど、俺は可愛いと思うから……大丈夫です」

獅子戸の表情が少し明るくなった。

「可愛い？　本当に？」

「はい。俺、猫好きですから。猫たちが集まる理由もわかったし……ひいおじいさんの話、感動しました。それに……慰めにならないかもしれませんけど、獅子戸さんが俺だけにそうなるなら、俺は……ちょっと嬉しいです」

「一音……」

一音は獅子戸の手に触れた。

「いろいろ試してみれば、出る法則が詳しくわかるかもしれません。統計を取りましょう」

「白いのが出る法則――の統計？」

獅子戸は腕を一音の腰に回し、ぐいと抱き寄せた。

「そ、その言い方は、あの……」

「今すぐ試してくれるか？」

「え……」

瞳が金色に光る。だが、獅子戸はそれ以上動かない。

「触わってほしい……俺に」

一音は首筋が熱くなった。自分以外の男のモノに触れる……もちろん、初めてだ。不快感はない。それより、きちんと獅子戸を悦ばせられるだろうかという不安のほうが大きかった。いつもどんなふうに自分を慰めているのかも、きっとバレてしまう。それもたまらなく恥ずかしい。

しかし、そんな戸惑いよりも好奇心、そして獅子戸への想いが勝った。

一音はためらいに震えながら、獅子戸のチノパンツの前に手を伸ばした。ドキドキしながらボタンを外す。

獅子戸が身体をずらしたのでファスナーを下ろし、右手を中に入れた。といっても直に触れる勇気はまだなく、ボクサーショーツの上を這わせる。

獅子戸が息を吐いた。

窮屈だったが、どうにか指を動かし、揉みしだく。モノは生地越しに熱を帯び、体積を増していく。視線を上げると、隠れていた白い耳が再び姿を現した。獅子戸の顔は肉欲と快楽に歪んでいる。だがもとが美形なだけに、なんとも艶っぽい。

一音は服に隠された獅子戸の裸の胸、引き締まった腹を思い出した。逞しい肉体、長い手足、精悍で野性的な容貌……そこに白い耳と尻尾……。

「あ……」

下着の中の獅子戸のモノが脈打ち、じわり……と湿った感触が伝わった。獅子戸は目を閉じ、美しい顔で悦びを噛み締めている。ソファと臀部の間に尻尾が伸び、一音の指に合わせて蠢《うごめ》いているように見えた。

俺の指に感じて、大きくなってる。耳も、尻尾も……。

ゾクゾクしながら、一音は左手で尻尾に触れてみた。尻尾は敏感な部位だ。触られて喜ぶ猫もいれば、嫌がる猫もいる。

「……う……」

獅子戸が目を開け、一音を見た。だが、やめろとは言わない。一音は尻尾を握らず、指の腹でそっと撫でた。

「……ッ……」

ガクンと締まった腰が揺れ、ボクサーショーツの前に大量の露が滲む。一音は我慢できなくなり、右手に力を入れてやや乱暴に揉んだ。同時に尻尾を摘まみ、扱《しご》く。

「ん……出る……！」

モノが大きく膨らみ、獅子戸はソファの背もたれにのけぞった。尻尾もピンと張る。下着の染みの上に、クリーム状のものが広がった。

「……は、あ……」

ぐったりと四肢を投げ出し、獅子戸は余韻に浸っている。可愛くて、淫らで、美しい獣――。

「尻尾……いじられるの、嫌ですか？」

テーブルの上のティッシュで指を拭っていると、獅子戸は首を横に振った。

「いや……」

「そうですか」

一音はホッとする。

「あの、俺……ちゃんとできてました？　気持ちよかったですか？」

よくなければ射精なんかしない。わかっていながら、獅子戸の口から聞きたかった。

「ああ、ぎこちなくて……そこがよかった。興奮した」

獅子戸は照れ笑いを浮かべ、一音の手を引いた。

「おいで……交代だ」

「え、でも、俺は……」

「ジーンズの前、そんなにして帰るつもりか?」

「あ……」

恥ずかしさに一音はうつむく。

「でも、お店――」

「まだ時間はある。俺がイくところ見て、興奮した……そうだろ?」

「ええと……はい」

「猫の耳が生えた男に責められたら、もっと興奮するかもしれない。統計を取ろう」

自分が発した言葉に縛られ、一音はうなずいた。

8

一音が遅い昼休みを取りながら「誠覧堂書店」のバックヤードで小さなノートにメモを書き込んでいると、いつの間にか目の前に岡本がいた。向かい側からページを覗き込んでいる。

「うわ！　びっくり……」

さっとノートを閉じ、エプロンのポケットに突っ込んだ。「獅子戸さんの秘密」と書いた表紙を見られたくなかったのだ。

「あ、すみません。集中してたんで、何かなと……企画ですか？」

「まあ、いろいろ……」

へへ……と一音は笑ってごまかす。

恋人関係開始、及び衝撃の事実発覚から二週間。獅子戸との身体の関係はまだキスと触りあいだけで、耳&尻尾と性欲の法則に肉薄するほどの統計は取れていなかった。

だが、獅子戸に関するメモは確実に増えている。

一音はノートを半分に分け、前と後ろから使っていた。

冒頭からは耳や尻尾の情報に加え、猫の数や集まりやすい時間帯なども調査し、記録している。そして後ろのページから始まるのは、獅子戸の情報だ。情報といっても、恋人についての覚書のようなものだった。獅子戸の好きな食べ物、お気に入りの音楽や小説、よく買う服のブランド、好みの色などだ。

一音は自分が気になったこと、気づいたこともメモしている。雨の日に前髪の右側だけはねること、虹彩の色が左右でほんの少し違うこと、左手の甲にうっすらと火傷の痕らしきものがあること、眠っている途中で身体を丸めること……それらは日毎に増え、書き込む度に一音を幸せな気分にしてくれた。

一度気になったものにはのめり込みやすく、とことん突き詰める性格なのは、自分でもわかっている。それが空回りし、他人から鬱陶しがられて傷ついたことも少なくない。尾行がストーカーにならずに済んだのは、興味の対象の獅子戸のおかげだった。

その獅子戸が、自分にだけ秘密を打ち明けてくれた。臆することなく「好きになっていい」というお墨付きをもらえただけでなく、彼の理解者、味方でいられるのだ。一音は嬉しくて嬉しくて毎日、事細かにメモを取らずにいられなかった。

「企画アイデアですか？」

「うん、そんなもの……かな」

「あ、そうだ、例の合コンの件ですけど、都合がいいところ、教えてもらえますか？」

岡本に聞かれ、一音は口ごもる。

「あー……それ……ごめん、キャンセルしていいかな……」

「え、どうして──あ、彼女ができたんですか？」

「へへ……」

彼女ができたっていうか、俺が「彼女」かもしれないけど……秘密ノートをエプロンのポケットに突っ込み、一音は照れ笑いを浮かべた。岡本の顔がぱーっと明るくなる。

「うわ、おめでとうございます！　えー、いいなあ……」

「あはは、ありがとう」

「どこで知りあったんですか？」

「ええと……友達の紹介」

一音は無難な嘘をついた。

「へえ……俺も頑張ろっと」

「岡本くん、笑顔がめっちゃいい感じになってきたから、すぐにできるよ」

「そうですかねえ……」

「大丈夫、大丈夫。自信持って！」

「はい。あ、男同士の飲み会はやりましょうよ。企画の話もしたいですし……」

「うん、やろう！　やっぱり、ＭＡＰはいい案だと思うんだよね」

書店部に異動して以来、いいことはいろいろあったが、これほど毎日が楽しかったことはない。いや、「誠覧堂書店」に来たからこそ、獅子戸とも出会えたのだ。そう思うと一層、張り切って働こうというモチベーションも強くなる。

「でも、知りあいに個別に聞くには限界があるし、手間がかかりますよね……社内から情報を集めるにはどうすればいいんですか？　ラインで募集？」

岡本が尋ねた。積極的だ。

「公式に募集をかけられるけど、もっとコンセプトを詰める必要があるな。ただなんとなく良い店……じゃ漠然としすぎてる」

「情報誌の編集部なら、ストックを持ってるんじゃないですか？」

一音はハッとした。

「それだ！」

別の会社ならば著作権や出版権で引っかかる可能性があるが、同じ会社ならば問題はない。どの雑誌、本からの情報かということを明記すれば、売り上げへの貢献もできるかもしれない。

思わず「獅子戸さんの秘密」ノートを引っ張り出し、忘れないように……と調査記録の次のページに取材、権利、チェックなど単語だけを書きつける。

「あ、でも、データベースを外部のアプリに売ってるケースもあるんですよね」

「それを元に、自分たちで後追い取材するのはいいんだろ？」

一音の問いに岡本はうなずいた。

「それなら大丈夫だと思いますけど……そこまでやります？」

確かに、書店部の業務の範疇からはみ出している気もする。だが、それは一音が求めてやまなかった編集者やライターの仕事に近い。

「そうだな、秦さんのオーケー次第かも。でも……」

出版社がここまで本格的な直営書店を経営することも、当初はあれこれ言われたのだ。その書店が、親元である出版社の強みを生かして何が悪い。

「俺はやってみたい」

岡本は呆れ笑いを漏らした。

「すぐ、そうやって仕事を増やす……」

「ああ、ごめん」

これがのめり込みタイプの悪いクセだ……と思っていると、岡本は意外なことを言い出した。

「でも、ここにいると向後さんに感化されちゃうんですよね。最初は、書店で働くなんて面倒くさい、早く元の部署に戻りたいって思ってましたけど……これまで培った技術や知識をどう生かせるかなって、考えるようになりました」

「岡本くん……」

岡本は指でピースサインを作って見せた。

「映像部の技術も取材に使ってください」

「え、本当に？　すごい！　頼もしいよ！」

一音は興奮気味に岡本の肩を掴み、グラグラと揺さぶる。そこへ葛城が入ってきた。

「……何やってんの？　マッサージ？」

「あ……元カリスマ編集者来た！　誠覧堂取材班、結成！」

一音の声に、葛城はぽかんとした。

＊＊＊＊＊

「あ……獅子戸さん！」

夕方、電車を降りた人々の中に恋人の姿を見つけた一音は、改札の前で手を振った。獅子戸も応じ、笑顔で改札を抜けて近づいてくる。

「遅くなって……」

「いえ、俺が早かったんです」

「Ｂａｒ　レグルス」と「誠覧堂書店」の休みが合った日、一音は獅子戸を部屋へ招くことにした。

つきあい始めて初めてのことだ。

「Ｂａｒ　レグルス」の定休日は月曜と決まっているが、「誠覧堂書店」は年末年始を除いて年中無休である。一音の休みは毎月のシフトによって異なる上、獅子戸とは勤務の時間帯が合わず、延ばし延ばしになっていたのだ。

「獅子戸さん、やっぱり目立ちますね。人が多くても、すぐにわかりました」

並んで歩きながら、一音は獅子戸を見上げた。

「日本人っぽくないからな。いや、人間っぽくないというべきか？」

「それは……背が高いし、ハンサムだからですよ」

「本当にそう思ってる？」

「本当ですよ！」

獅子戸は嬉しそうに微笑み、一音の髪をくしゃくしゃくしゃと弄った。

「あっ……」

ひいき目ではなく、実際に獅子戸は目を惹く。人ごみの中にいると一層、それがわかる。

一音はライオンに関する本の中に登場する「白ライオン」についての記述を思い出した。

ライオンに限らず、白化した動物は野生の世界では目立つため、敵から狙われやすくなる。人はその美しさや神々しさに着目しがちだが、苦難が増えるという側面を持っているのだと。

大丈夫、と一音は思う。獅子戸さんは人だから。それに、俺もそばにいるんだから。でも、守るためにもっと情報を集めなきゃ。

夕食は近所の定食屋にした。小さいが、ハンバーグや生姜焼きという定番からやや捻ったメニューまであって、毎日でも飽きずに通える店だ。女性のひとり客も臆せず入れる雰囲気で、獅子戸も気に入ってくれた。

「そこのコンビニを曲がってすぐです」

店を出て、一音は大通りを進む。角のコンビニでビールやつまみを調達してから脇道へ入ると、ここでも待ちかねたかのように猫が寄ってきた。一匹、二匹……あっという間に五匹が集結する。

やや離れた場所からも何匹か、獅子戸の様子をうかがっているのがわかった。

「うわー……この辺りにこんなにいたんだ。見たことないですよ……いつもどこにいるんだろう」

はしゃぎ気味に言う一音の横で、獅子戸がため息をつく。

「はあ……」
一、二匹ならまだしも、五匹以上が追ってくるのは異常だ。獅子戸の住処から離れていることもあり、ボス猫たちから情報が回っていないのかもしれない。
立ち止まり、獅子戸は手で追い払う仕草をする。と、猫たちは素直に離れた。

「しゃべらなくても通じるようになったんですか？　すごい……」

「いいんだか、悪いんだか……パワーが増したみたいだよ」

獅子戸は自分の頭の上で、手をひらひらさせた。耳が生えるようになってから……と言いたいらしい。原因が自分だとすれば、一音も責任を感じなくもない。だからこそ調査、集計は欠かせない。駅からここまで五匹、離れた場所から三匹、合計八匹……とカウントする。

「仕事はどう？　フェアの企画は決まった？」

「まだ固まってはいないんですけど、アイデアだけはいろいろ……みんな協力してくれて、面白いものができそうです。本の企画もあったり……」

滑らかに話す一音を見下ろし、獅子戸は楽しそうに笑った。

「よかったじゃないか」

「はい。あ、もしかしたら、お店の取材を頼むかもしれません」

「取材？」

一音はうなずき、周辺のＭＡＰの話をする。

「そうか……」

考え込む獅子戸を見て、嫌なのだろうかと戸惑う。店によっては、変に宣伝をされるぐらいなら放っておいてほしい、取材お断りというところもある。

「ダメならいいんです、すみません」

「いや、そういうわけじゃないんだが……」

話しにくそうな態度を察し、一音はそれ以上、頼むのをやめた。もしかしたら獅子戸の意向ではなく、オーナーの方針ということもある。無理強いは獅子戸を困らせるだけだ。

「うち、そこです。獅子戸さんのところみたいに、おしゃれじゃないですけど……」

一音は二階建てのアパートの一階、一番奥の部屋へと獅子戸を案内した。オートロックではないが、築年数は比較的新しい。

「おしゃれといっても、あれは俺が建てたマンションじゃない」

獅子戸は茶化して答えた。

「ここもいいよ。駅から近いのに静かだ。すぐそばにコンビニもあるし……」

「そうですね、便利は便利です。どうぞ」

ドアを開け、並べて置いた一方のスリッパを履き、獅子戸を招き入れる。

「お邪魔します」

恋人のプラベートエリアに初めて立ち入るというワクワク感を隠そうともせず、獅子戸は目を輝かせて部屋の中を見渡した。

「ああ、区切ってるのか」

「はい」

間取りは縦長のワンルームだった。小さなダイニングテーブルや冷蔵庫、洗濯機を置いたキッチンスペースとベッド、デスク、本棚などのある寝室スペースをパーティションで仕切って使っている。デスクの向こうがベランダだ。

そのとき、一音はボールペンを差した「獅子戸さんの秘密」ノートを枕元に置きっぱなしにしていることに気づいた。獅子戸を迎えに出る前まで、ベッドに寝そべってメモを書き留めていたのだ。片づけるのを忘れた――見つかる前に、隠さなきゃ。悪いことをしてるわけじゃないけど、恥ずかしい。獅子戸さんが風呂かトイレに立った隙に……。

「これは自分で設置したの？」

パーティションの脇から寝室スペースを眺め、獅子戸は尋ねる。

「はい。しばらくはそのままで暮らしてたんですけど、玄関から丸見えって、寝るときに落ち着かなくて……獅子戸さんの部屋みたいにロフトがあるのっていいですね」

レジ袋から出した缶ビールなどを冷蔵庫に移しながら、一音は言った。

「俺と一緒に住む？」

背中を向けたまま聞かれ、ドキッとした。さりげない口調だったので、本気だか冗談だかわからない。

「あー……いいですね」

同じトーンを心がけ、さりげなく答えた。

獅子戸が振り向く。

「……本気でそう思う？」

「え……」

ドキドキが止まらない。

「今日、ちょっと……話があるんだ」

「は、あ……」

酒を飲みながらでもできる話だろうか。それとも、酒があるほうが話しやすいことか。

「あの……風呂、沸かしましょうか？」

一音は言った。虚を衝かれたように獅子戸の動きが止まる。

「……風呂？」

「酒を飲むなら、先に入ってもらったほうがいいかなと思って」

「……泊まっていいってこと？」

「はい、もちろん……」

一音はすでに獅子戸の部屋には泊まっているので、獅子戸にもそうしてもらうつもりで招いたのだ。「深い意味はない」といえばないし、「関係を最後まで進めてもいい」という覚悟もあった。

「それって……」

獅子戸は近づき、一音の前に立った。手を伸ばさずとも身体が触れあう。

「俺のすべてを受け入れるって意味……だと思っていいの？」

「あの……はい」

一音はうつむき、その顔を獅子戸の胸に埋めた。まぶたがぴくぴく動く。

「一音……あー、くそっ！」

突然、獅子戸が舌打ちをした。驚き、一音は顔を上げる。

「え、何――」

「ムズムズしてきた……」

獅子戸は苛立《いらだ》たしげに頭を掻く。欲情すると耳と尻尾が生える、というのはすでにわかっている。生える際の違和感には慣れっこのはず――今さら腹を立てる理由が一音には不思議だった。

「あの、大丈夫ですか？」

獅子戸は「うん」と答えたが、顔はむっつり気味だ。一音はイスを勧め、お茶を淹れた。獅子戸はジャケットを脱ぎ、背もたれにかけて座った。

「話って？」

湯呑茶碗を獅子戸の前に置き、一音は尋ねた。バラのチョコレートやクッキーを入れてある菓子鉢も、ずずっ……と獅子戸のほうへ押す。

動物の怒りの元にあるのは、不安や恐れだと聞いたことがある。それは人も同じだ。甘いものを食べれば、少しはリラックスするかもしれない。

「ありがとう」

獅子戸は少し表情を緩め、チョコレートを摘まんだ。

「……悪い、せっかく招いてもらったのに不機嫌になって」

「いえ……あの、耳と尻尾のことなら大丈夫ですよ。慣れてきたし、可愛いし……」

「ありがとう。でも……本当に大丈夫なのか、俺にはまだ自信がない。夜型だとか、猫が寄ってくるぐらい、大したことじゃないと思えてきた」

摘まんだチョコレートを食べる気はないらしく、菓子鉢に戻す。

「やっぱり酒、もらえるかな」

「はい」と一音は腰を上げた。冷蔵庫から取り出した缶ビールを獅子戸に渡しながら、提案する。

「あの……ベッドに座って話しませんか？」

そのままセックスになだれ込む——かどうかは別にして、獅子戸の横に座りたかった。身体を寄せれば、お互いに安心できると思ったのだ。

「そうだな」

獅子戸はうなずき、立ち上がった。ベッドに並んで座り、プルトップを開ける。乾杯をする雰囲気ではないので、そのまま黙って口をつけた。

「……怖いんだ」

「……そうですよね」

完全には理解できないと思いつつ、一音は同意する。

「今の状況で抱いたら……一音を傷つけるかもしれないって」

獅子戸は缶を傾け、ビールを一気に飲み干してしまった。

「それは……そんなことはきっとないです」

一音は強く否定した。

「白ライオンは神様の使いとか、化身だって言われてるし……お母さんやお姉さんのピンチを救ってくれたんでしょう？　だったら——」

「野生の本能で耳や尻尾が生えるなら、この先、爪や牙が生えてくるかもしれないんだぞ？」

空になった缶を床に置き、獅子戸は一音の肩を摑んだ。爪や牙……獅子戸が真っ白なライオンに変体する映像が脳裏に広がる。

ほんの一瞬だけ、一音は思ってしまった——見てみたい、と。

獅子戸の瞳が金色の光を発した。喜びの輝きではなく、警戒心や怒りから来る光だ。言葉にはしていないし、表情にも出していないと思うが、好奇心から来る妄想を見抜かれたのが一音にはわかった。

「あ……」

肩を摑む指から力が消える。

俺、ひどい。最低だ。可愛い、好きだという想いが発端だとしても、アニメや映画とは違う。獅子戸さんにとっては重すぎる悩みなのに。

「あの……」

「……なんて、考えすぎかな」

言いたいことはあったのだろうが、年上の男の分別で、獅子戸は胸の中に収めてくれた。

「そうですよ。大丈夫です、きっと……」

一音は罪悪感に囚われながらも安堵し、心の中で謝る。ごめんなさい、もう二度とそんなこと考えません。もしもそうなっても、俺は味方でいるから……。

「ああ、ビールが――」

肩を摑まれた拍子に、手にしていた缶からビールが布団にこぼれていた。獅子戸が腰を浮かせる。

「拭かなきゃ」

一音も立ち上がり、缶を手にしたままキッチンへ向かった。「悪い」と獅子戸の声。

「平気です、それぐらい……」

缶を流しに置き、濡らしたダスターを持ってベッドに戻る。と、獅子戸が背中を向けたまま立ち尽くしていた。

「ちょっとどいてくだ……」

背後から覗き込んだ獅子戸の手には、あのノートがあった。

バレた。こうなったら、素直に打ち明けるしかない。一音は布団を拭きながら、照れながら説明する。

「あ、それは――」

「権利、チェック……何、これ……」

低い声に、一音は息を吞む。

「俺をどういう目で見てたんだよ……」

「え？」

獅子戸がこっちを向いた。金の瞳が、さっきよりも冷たく凍りついていた。

「俺は……一音にとって観察の対象なのか？　可愛い、可愛いって言うのは、アイドルや愛玩物に対する感情なのか？」

冷たい声が抑え切れない激情を物語り、一音はゾッとした。

「ち……違う、違います！　それはただのメモで……後ろの――」

後ろのページを見てもらえれば、誤解だとわかります――という言い分は、ノートと共に握り潰された。

「獅子戸さん……」

耳も尻尾も生えていない。しかし、白く燃え上がる炎が獅子戸の身体を包んでいるのが見えた。

「は、話を――」

バン、と握り潰したノートを壁に叩きつける音が響いた。一音は震える。

「だから……だから言っただろ……怖いんだって」

絞り出すように言うと、獅子戸は一音に向かってきた。殴られる――身を竦め、固く目を閉じる。

だが、実際には何も起こらなかった。獅子戸が横を通りすぎる気配がした。

一音は目を開け、振り返る。獅子戸はジャケットを手に出ていった。

一音は立ちつくし、茫然とした。だが、すぐに我に返り、叫んだ。

「し……獅子戸さん！」

鍵もかけずにドアを飛び出し、アパートの外廊下を走る。

夜道へと出ると外灯の下、獅子戸の後ろ姿が見えた。

「待って――」

追いかけようとして、一音はギョッとした。来るときに見かけた、あの猫たちが集まっているではないか。しかも、いつものように獅子戸の後をついていくのではなく、止まってこちらをじっと見ているのだ――まるで、一音の行く手を阻《はば》むかのように。

「え……？」

一歩、足を出す。

猫たちが一斉に威嚇の声を上げた。

その先を行く獅子戸の姿は次第に小さくなり、やがて闇の中に消えた。

9

ドンと背中をどつかれ、一音は「誠覧堂書店」の通路につんのめりそうになった。驚いて振り返ると、同期の宮田がいた。

「な……お前か！　何すんだよ、危ないだろ！」

「客、いないし」

そのとおりである。なぜなら、閉店後だからだ。

「そうじゃなくて、本棚にぶつかったら……ってことだよ！」

「平気だって、ちゃんと計算してやったから」

スーツ姿でのほほんとしながら、宮田は言う。仕事を終え、帰る途中で寄ってくれたらしい。

店の出入り口は閉まっているが、社員証を見せれば裏から警備員が入れてくれるのだ。

「計算って……お前は身体がでかいんだから——」

「魂抜けてるっぽかったから、根性注入してやったんだよ」

冗談だとわかってはいるが、思い当たる節がありすぎて一音の胸は痛む。

「う……」

「外から覗いてたら、幽霊みたいなヤツがいるなーと思って、よく見たらお前だった。影薄いぞ。失恋でもしたか」

繊細さのかけらもないようなマッチョのくせに勘がいいというか、敏感だ。

「そ……そんなことない！　疲れてるだけだ」

「それならいいけど……お前、わかりやすいからさ。この店の本の担当になったって、ちょっと前まで大はしゃぎしてたのに……」

「う……仕事の邪魔すんな！　とっとと美人妻んところへ帰れ！」

一音は手にしていたフェアのチラシの束を平台の上に置き、一枚を丸めて宮田に向かって投げた。

「まだ妻じゃないよ、未来の妻。で、未来の妻はよくできた女だから、飲みにいこうぜ」

「はあ？」

宮田はスクラムを組むように一音の肩に腕を回す。

「それ、どうしても今日、やらなきゃならない仕事か？」

獅子戸を怒らせてから十日が過ぎていた。

その間、メールでも電話でも、やりとりは一切していない。言い訳したい気持ち、謝りたい気持ちは山ほどあったが、何をどう言えばいいのかわからなかったのだ。

出会ってから間もないのに、もう何度も謝っている——自分の迂闊《うかつ》さ、乗りの軽さのせいだ。同じ過《あやま》ちをくり返しすぎて、謝罪の言葉は使い果たしてしまった。いい加減、自分が嫌になる。

「チラシを投げるほど荒《すさ》んだ心でやってたって、はかどらないだろ」

「荒んでなんか……」

獅子戸に出会ってから、すべてが順調だった。だが、気のせいだったのかもしれない。失敗から学んでいないいんじゃないか、何をやっても積み重ねられないいんじゃないか……そう思うと、梯《はし》子《ご》を上る気力が出ない。

とはいえ、ひとりで部屋に閉じこもっているのにも耐えられず、タイムカードを押してから店に残り、仕事を探してウロウロしていたのだ。

「つきあえよ……いい店、知ってるんだ」

「……うん」

宮田の優しさに感謝し、一音はうなずいた。すぐに帰り支度を済ませ、店を出る。

しかし、すぐに不安になった。宮田の足が「Ｂａｒ　レグルス」のほうへ向かっていたからだ。

「みゃーた……店の名前は？」

「ええと、なんだっけな……れ、れ——」

足がすくみ、立ち止まりそうになる。

「え……」

「『れんげ屋』だ。居酒屋」

「あ……そう」

違った、よかった——と息を吐いたのも束の間、一音はどこかで聞いた店名だと思った。

やがて宮田が「あそこ」と指差した「れんげ屋」は、「Bar レグルス」の十数メートルほど手前にあった。聞いたのではない。見ていたのだ……提灯《ちょうちん》に書かれていた筆文字の店名を。

「ここかあ……」

「知ってた？」

のれんをくぐりながら宮田が尋ねる。一音が首を横に振ると、「いらっしゃいませー！」という威勢のいい声が飛んできた。

店はごく普通の居酒屋だった。遅い時間帯にもかかわらず、客で賑っていた。一音は「とりあえずビール」ではなくハイボールを注文し、宮田を驚かせた。

おでん、焼き鳥、刺身の盛り合わせ、冷やしトマト……と定番のメニューを注文し、互いの近況報告をする。

獅子戸のことは話せないので、宮田の結婚にまつわるあれこれを根ほり葉ほり聞いた。といっても、馴れ初めや相手の両親への挨拶話についてはもう知っている。そこで、心境の変化について質問をぶつけてみた。

「一緒に暮らし始めて、どう？」

ビールの大ジョッキ一杯で真っ赤になった宮田は、短く「別に」と答えた。

「なんだよ、別にって……一番楽しいときだろ？」

「そりゃ楽しいさ。ひとり暮らしとは全然違うしな。でも、いいことや楽しいことばかりじゃなくて、面倒なこともあるから」

「えー……つまんない答え。じゃあその『全然違う』ところを教えろよ」

「向後、結婚する予定あんの？　そういう相手がいるなら答えるけど……」

宮田は目を細め、探るように見た。

やっぱり、と一音は思う。こいつ、鋭い。恋人ができたとか、ケンカしたなんて一言も言ってないのに――いや、俺が単純で、隠し事ができないだけなのか。

「予定はないけど……聞くぐらいいいだろ」

手つかずのお通しの小鉢に視線を落とし、一音はつぶやいた。中身はもやしと青菜の和え物だ。

「食わないの？　苦手？」

「いや、そうじゃないけど……」

「Ｂａｒ　レグルス」のドライなお通しに慣れてしまい、なんとなく手が出ない。

「食っていいよ」

小鉢を前に出すと、宮田はひと口で食べてしまった。

「質問には答えられるけどさ、参考にならんと思うぞ」

「なんで？　相手がいないと実感できない？」

宮田は首を横に振り、通りかかった店員に自分用のビールと一音のハイボールのおかわりを注文する。

「ケースバイケースだから。当事者の俺と彼女ですら、生きてきた環境や価値観をすり合わせんのに苦労してるんだ。他人の参考になるわけないじゃん」

「……確かに」

「自分はどうしたらいいのかってことはさ、自分で考えるしかないよ。他人の周辺を嗅ぎ回っても、答えは落ちてない」

「うー……」

一音は唸《うな》るしかない。

いつの間に、と思う。いつの間にこいつはこんなにしっかりした男になったんだろう。悔しい。どの仕事にも苦労はある。でも同じ年数、同じ会社にいるのに……追い越されたと思うのは、やはり結婚を決めたからなのか。それとも、パートナーのおかげか。

「すり合わせ……か」

レモンを搾った新しいハイボールに口をつけ、一音はつぶやく。

「そればっかりじゃないけどな」

凹み具合を気にしたのか、宮田は言った。

「今までひとりで考えてたこと、決めてたことを相談できる人がそばにいる……そういう強みも手に入れられたからな」

一音の耳に、秦の叱咤がよみがえる。

(自分からは何も出さず、受け身になって、決まった企画を実行するだけでいいと思うなよ。何のための書店部、同僚なんだ。話しあえ、情報を出しあえ)

「そうか……脳みそが二個、目が四つに増えるってことなんだな、結婚って」

ビールを飲んでいた宮田がむせた。

「……気持ちの悪い結婚の定義だな。初めて聞いたよ、そんなの。面白いけど」

「ははは、ごめん。でも……やっぱり、男っぷりが上がってるよ、みゃーた。すごいな、奥さんの存在は」

照れくさいのか、「まあな」と宮田はそっぽを向いた。

「一緒にいて楽しいとか、守ってあげたいとか、いろいろあるけど……俺が結婚を決めたのはさ、『この人といるときちんとした大人になれる』って思えたからなんだ」

「大人……か」

「うん。周囲の人間に対してどうこうじゃなくて、この人に対して堂々と胸を張れる人間でいたい……そう思わせてくれた。ま、そんな感じかな」

そのためには何をするべきなのか。どう生きればいいのか。

苦しみをひとりで抱え込むなら、一緒にいる意味はない。結婚できなくても、それはきっと同じだ。

現状に文句を言い、唾を吐いても何も変わらない。そんなのはただの我がままだ。甘えだ。でも、何かを変えるために想いを打ち明けたり、前進するために悩む姿を見せたりするのは、甘えじゃない。

相手がいて生まれた悩みは、その相手と一緒に考えて、乗り越えるしかない。その人が大切な存在なら、なおさらだ。

「……みゃーた」

「うん？」

「これ飲んだら、お開きな」

一音はグラスを掲げて宣言した。

「え、もう？」

「俺も大人として胸を張って、お前を奥さんに返したいからな」

そして、答えを探しにいこう。

「……俺、向後の所有物だったのか？」

大真面目に問い返され、一音は笑った。

三十分後、「れんげ屋」を出ると、一音は適当な言い訳をして、その場で宮田と別れた。宮田の姿が道の向こうへ消えるや否や、「Ｂａｒ　レグルス」の扉を開けた。

「いらっしゃいませ」

一音に気づいた純が笑顔で近づいてきた。

「こんばんは……」

だが、カウンターの中に獅子戸はいなかった。それだけなら驚かない。一音の足を止めたのは、見知らぬバーテンダーの姿だった。

「……あの、獅子戸さんはお休み？」

純は戸惑うような表情を浮かべる。

「え……聞いてませんか？　獅子戸は退職したんですよ」

危うく大声を上げそうになったが、手で口元を押さえてこらえた。

「や……めた？」

新しいバーテンダーをちらっと見てから純は一音に顔を寄せ、声をひそめた。

「――というのは表向きの話で、実は別の店に引き抜かれたんです」

一音は「話がある」という獅子戸の言葉を思い出した。もしや、この件だったのか？

「秘密なの？　オーナーさんと揉めたとか？」

「いえ、そこはきっちり話がついてます。ただ、こちらの常連のお客様を新しい店へ連れていく……というのは仕事柄、タブーなので……」

「ああ……そうか」

「とはいっても、一部の親しいお客様には連絡済みです。だから、向後さんにもてっきり……」

純は気まずそうに言葉尻を濁した。

「あ、うん……」

多分、獅子戸は打ち明けようとしたのだろう。知らなかったとはいえ、タイミングが悪く、自分が遮ってしまった。耳や尻尾のことでイライラしていたのは、そのせいもあったのか。もしかしたら、俺の意見を聞きたかったのかも――。

一音は純に礼を言い、「Ｂａｒ　レグルス」を出て獅子戸のマンションへ向かった。しかし、インターホンで部屋を呼び出しても応答はない。ベランダ側へ回って、こっそり様子をうかがったが、部屋は暗い。スマートフォンにも出てくれない。

仕方ない。明日も来ようと心に決め、一音は帰途についた。

いつもの道を歩き、アパートに近づくと、共用の外廊下へ通じるアプローチ前の道路に何かが点々……と置いてあることに気づいた。ゴミを入れたレジ袋か？　迷惑だなと思っていたが、やがて一音のまぶたがぴくぴくと痙攣し始めた。

「……え、猫？」

そう、点々とあるのは猫だった。それも十匹以上だ。香箱座りをしたり、寝そべったり、二匹でくっついたり……まるで安心できる家の中にいるようだ。

獅子戸さんが近くにいる――胸が激しく鳴った。

確信を持って一音が視線を上げると、植え込みを囲う低いコンクリートに腰かけている男の姿があった。チェスターコートの襟からざっくりと編んだマフラーを垂らし、スニーカーを履いた長い足を持て余し気味に、猫たちを見守っている。

「……一音」

声をかける前に、名を呼ばれた。

それを合図に、猫たちが一斉に一音を見た。立ち上がり、一音に向かってくる。足首に身体を擦りつけるもの、抱っこして、撫でてと鳴くもの……どの猫も歓迎し、甘えてくれているのがわかった。

一音は屈み込み、頭を撫でてやった。指を舐めるものには好きにさせてやる。そして、膝に上がろうとする真っ白な一匹を抱き上げた。頬をくすぐると、すぐにゴロゴロ……と喉を鳴らし始めた。

「こいつら、うるさくてさ……あの晩から」

獅子戸が立ち上がり、一音に近づく。

「どうして一音とケンカしたんだ、話も聞かずに一方的に怒ったんだって、責めるみたいに……俺の言うことなんか聞きやしなかった――ここへ来るまで」

会えて嬉しい、会いにきてくれて、待っていてくれて嬉しい。だが、先に口を衝いて出たのはこれだった。

「獅子戸さん……店、辞めたって……」

「純に聞いたのか？」

「はい、さっき――どこへ行くんですか？　遠いところ？」

急に胸がいっぱいになり、涙がこみ上げた。

「この間、話があるって言ってたけど、そのことだったんですか？」

獅子戸はうなずいた。一音はすがりつくように言った。

「い……行かないで……離れたくない」

「一音――」

「どうしてもって言うなら、この間の言い訳だけさせてください」

一音は白猫を道路に放し、鞄から「獅子戸さんの秘密」のノートを取り出した。握り潰されたときのまま、歪んだ表紙を伸ばしつつ、開く。

「これ……取材とか書いてありますけど、前の部分とは関係ないんです。企画のアイデアが出て、忘れないようにって、ここにメモしただけなんです。獅子戸さんの秘密を利用しようだなんて思ってません。それから――」

一音はノートを獅子戸の手に押しつける。

「最後のページ、見てください」

獅子戸は後ろ表紙を開く。一瞥《いちべつ》して、表情が変わった。頬が緩む。

「……俺の観察日記？」

「……まだまだですけど……」

「照れくさいな……っていうか、やっぱりストーカー気質、十分だな」

冗談めかした嫌味に一音はホッとした。覚悟を決め、ふうっと息を吐き、正直に胸の内を伝える。

「利用しようなんて思ってなかったけど、軽く考えてたのは事実だと思います。尻尾も耳も可愛いからいいじゃんって。俺を想ってくれるなら、それでいいじゃんって。でも……それって、俺が楽しいだけだった。可愛いから猫が飼いたいって軽く考えるのと同じで、無責任でした。獅子戸さんは困って、苦しんでたのに……俺に出会ったせいで、そうなったのかもしれないのに……俺は興味本意で――」

獅子戸が視線をノートから一音に移した。一音はあふれ出した涙を拭い、続ける。

「ごめんなさい……ドラマや小説で『恋に恋してる』ってよくいうけど、俺、それでした。好きな人と一緒にやっていくって、そういうことじゃないんだって、ようやくわかった」

「一音……」

「俺……大人になります。思ってることをきちんと獅子戸さんに伝えて、獅子戸さんの悩みにも耳を傾けます。すぐには無理かもしれないけど、獅子戸さんといれば、それができるって思えるから……」

「君がいい」

視界から夜が消え、一音は獅子戸の胸に包み込まれた。

「君だけでいい」

「獅子戸さん……」

「確かに、こいつらは可愛い」と獅子戸は大人しく見守る猫たちに微笑みかけた。嬉しいのか、猫たちは一斉になーう、あーうと声を上げた。

「今までそんなふうに思えなかったけど……一音とケンカして、落ち込んでる俺を心配してくれてるんだと思ったら、心強かった。でも――」

獅子戸は視線を一音に戻す。

「一音が、俺の秘密を一緒に守ってくれて……こんな俺でもいいと言ってくれるなら……」

鞄を道路に落とし、一音は獅子戸のコートの背中に腕を回した。

「好きです、大好き……どんな獅子戸さんも、全部――」

「俺もだ。一音が好きだ」

腹が立つのも、不安になるのも、恋をしているから。近づきすぎて、相手しか見えなくなるから。思いが強すぎて、呼吸ができなくなるから。

「君は……特別なんだ」

少し離れてみれば、違う景色が見えてくる。違う考えも浮かぶ。息がしやすくなる。でもそこで、手を離す必要はない。

「許してくれ、俺も大人げなかった。いい歳をして、この先を考えて怖くなったんだ。仕事はなんとかなるとしても、こんな身体じゃ……いつか、嫌われるんじゃないかと――」

「そんな！　そんなことは絶対にないです！」

獅子戸が苦笑する。

「わかってる。想いが変わる可能性なんていくらでもある。原因は耳や尻尾に限ったことじゃない。でも情けないことに、こいつらに文句を言われるまで、素直になれなかった」

「文句？」

「ツンツンするのもプライドを持つのもいいけど、大切な人には心を開いて甘えないと……永遠に失いますよって」

獅子戸の言葉に、一音は視線を落とした。猫たちは安心したのか、穏やかな表情で闇の中へと遠ざかっていく。

ありがとう、と一音は心の中でつぶやいた。

「王様が心配だったんですね」

「俺は王様じゃない。君にめちゃくちゃ惚れてるだけの男だ。初めて一音に話しかけたとき……一発で、笑顔に惹かれた」

「え……」

ドキッとする。

最初から――？

「そのときは、感じがいい子だなってぐらいだったんだ。別の日に行ったとき、客がいない場所でも楽しそうに、嬉しそうに本を並べてるところを見て……心底、本が好きなんだなと思った。それからは、本を買いに行くんじゃなくて、一音に会いにいってた」

二度目も、三度目も……ずっと？　俺が覚えていたように、会えるタイミングを心待ちにしていたように？

獅子戸は苦笑する。

「君をストーカー扱いしたけど、俺のほうが先だったのかもしれない。だから……あいつらには悪いが、王様になるなら一音の王様がいい」

「……はい」

「このノート、俺にくれないか？　新しいのを買って渡すから」

獅子戸の言葉に一音はうなずいた。

「安いですよ。百円ショップで買ったんです」

「わかった。それと、もうひとつ……まだもらってないものがあるよな」

冬の夜空の下、身体が火照った。

「それをもらいに来たんだ」

10

一音が寝室のカーテンを引き、エアコンのスイッチを入れると獅子戸はコートを脱いだ。ハンガーにかけるべくコートに手を伸ばすと、獅子戸は「待って」とコートのポケットから何かを取り出した。アルコール度数の高い酒を入れる携帯ボトル、スキットルだ。

「……お酒？」

獅子戸はうなずく。

「マタタビ酒」

「獅子戸さんが作ったんですか？」

「まさか、市販のものだよ」

「そんなもの、あるんですね」

マタタビはつる性の落葉木で、その実を使い、梅酒などと同じ要領で酒を作ることができるという。つまり、実が手に入れば自作可能なのだ。

「これを飲んだら、耳や尻尾が生えるのを抑えられないかと思ってさ」

「え……マタタビって酩酊《めいてい》するんじゃ……逆効果じゃないんですか？」

コートを吊るし、隣に腰を下ろして一音は尋ねた。

「リラックス効果もあるって、一音に借りた本に書いてあった。それで、他の本なんかも調べたんだ。ツテを辿って、専門知識のある人に質問もした」

ネコ科の動物は、マタタビの匂いに恍惚となることで知られているが、まったく反応しない猫もいれば、興奮し、凶暴になる猫もいるという。

「つまり、反応には個体差があるってことだ。グダグダ悩んでいても仕方ないから、何かやってみようと思って……」

一音に連絡せずにいたのは、量を変えて飲み、身体の変化を調べていたからだった。

「じ、人体実験ですか？　どうして、そんな……」

「一音と別れたくなかったから」

金色に光るまなざしと矢のような言葉に胸が熱くなり、締めつけられる。

「わ、別れません！」

獅子戸は微笑みながら、うなずく。

「わかってる。でも、欲情すると耳や尻尾が生えるんだぞ？　まずいだろ」

「まずくなんかない！　生えたままエッチしたって平気です！　だって――」

また「可愛いから」と言いそうになり、一音はぐっとこらえた。誉め言葉だったとしても、獅子戸があの現象を受け入れていない以上、何の効果もない。無神経だ。

獅子戸はそんな一音の本心を見抜いたのだろう、首を横に振った。

「俺は怖いよ。だって、いつか一音を傷つけるかもしれない。俺はそれがどうしようもなく怖いんだ」

「傷つける？」

「身体の一部が獣になるんだぞ？」

一音はようやく、獅子戸の不安の正体を理解した。

悪気はなくても、意図しなくても、怪我をさせるかもしれない。もっと酷いことをするかもしれない。しかも、愛する人に……考えただけでゾッとする。

「あ……ごめんなさい、……俺、すごく無責任なこと言って……」

「わかってるから、大丈夫。一音の受け入れ態勢が整ってるのは安心だよ。ただ……」

獅子戸はふうっと息を吐き、静かに続けた。

「俺自身、まだ戸惑ってる。どのタイミングでどこがどうなるのか、わからないからな。今は耳と尻尾だけだ。でも、牙が生えたら？　爪が伸びて、一音の肌を引き裂いたら？　大丈夫だと言われても……安心できない」

可愛いから、好きだから、問題ない、どんなことだって乗り越えられる――なんて甘かったんだろう。浅かったんだろう。言葉ではいくらでも言える。考えるだけなら何だってできる。でも、現実は違う。

もっと広い視野で、そして深く、獅子戸さんは俺のことを考えてくれている。大切にしたいと思ってくれている。

それに応えたい。

「ありがとうございます」

感動が涙となって、新たにこみ上げてきた。だがまた泣く前に、獅子戸の優しさを受け止めたい。

「一緒に乗り越えましょう。だって、獅子戸さんを助けることは、俺にしかできないんだから……何でも相談してください、頼ってください」

世の中に「絶対」なんてない。答えも道も、自分が決める。自分が作る。自分が選ぶ。

それでも辛くなったら、迷ったら、その気持ちを丸ごと打ち明ける——目の前にいる最愛の人に。愛する人にそれができなくなったら、もう、愛することに意味などない。「誰かを愛する自分」を手放したくないだけだ。

そんなふうにはなりたくない。

すべてができるようになるまで、自信がつくまで、準備が整うまで待っていたら、遅いかもしれない。だから、足りないまま、不十分なまま、走り出す。転んで、泣いて、傷ついて、そこから学んで、成長する——ただし、ひとりではなく、あなたと一緒に。

「……一音がそういう奴だから、惚れたんだ」

獅子戸は一音の額に唇を押し当てた。

「それで……どうだったんですか、マタタビ酒は」

「マタタビ自体はすぐに抜けるから、常習性はない。中毒になるとすれば、アルコールのほうだと思う」

面白そうに獅子戸は笑った。ある程度の効果を実感したらしい。

「飲んで一音のことを考えたり、写真を見たりして……興奮したらどうなるか、実験してみた」

「写真？」

一音は首を傾げる。そんなものを撮られた記憶はない。

獅子戸は「しまった」という顔をし、デニムの後ろポケットからスマートフォンを出した。見せてくれた画面には、一音の寝顔が写っていた。

「可愛いだろ？」

「し……知りませんよ」

「で、酒飲んで、これを見て、自分を――」

「その先は、わかりますから！」

慌てて止める。獅子戸は小さく笑った。

「いや、まあ、だから……実験だよ、実験」

その結果、ふた口程度飲めば、一時間程度は耳も尻尾も生えないことが実証されたという。

「獅子戸さんが気になるっていうなら、試しましょう。ただ……俺の気持ち、知っててください」

一音は獅子戸をまっすぐに見つめる。

「俺に欲望を感じると耳や尻尾が生えるんですよね？」

「多分な」

「それは俺も同じです。俺に耳や尻尾は生えないけど、獅子戸さんのことを想うとドキドキして、熱くなって……勃っちゃいます。つまり、身体の変化という意味では同じです。男なら、そうなる。もちろん、気にするなとは言いません。ただ……気にしすぎないでほしいんです。俺は……耳と尻尾が生えた獅子戸さんも好きだから。獅子戸さんの耳と尻尾も……」

「嬉しいよ。勃っちゃう……か」

獅子戸はつぶやいた。

「え、そっちに食いつくんですか？　ひどいな」

一音の抗議に獅子戸は笑った。一音もつられて笑う。

獅子戸の手が一音の太腿に触れた。

「あっ……」

「童貞のくせに、発言が大胆だな。いや、童貞だからか？」

「それは関係ないです！」

「じゃあ……マタタビは滋養強壮に効果があるって知ってるか？」

「知ってます。そっちも効果があったんですか?」

獅子戸は不敵な笑みを浮かべた。

「あった。硬さとか、持続力とか……」

「そ……そうですか」

童貞に言うなよ、と一音はうつむいた。反応に困る。

そんな一音を楽しそうに見つめた獅子戸はスキットルのキャップを外し、ふた口ほど飲んだ。

「これで一時間は大丈夫」

もっと飲めば長引かせることは可能だが、アルコールの分量も増えるので酔っぱらう確率も上がる。そこで一気に大量に摂取するより、一時間が経過したあたりで追加補給するほうがいいそうだ。身体への負担も少なく、意識もはっきり保てる。

「飲みすぎて違う意味での野獣になったら、元も子もないだろ? まあ、激しいのが好みだっていうなら俺は構わないけど……今日は初めてだからな」

獅子戸は微笑んだ。

優しい、と一音はまた感激する。

こういうところが好きだ。だが、野獣になって襲ってほしい、思い切り奪ってほしいという気持ちもなくはない。おかしいのかな、俺。でも……。

「あの……俺にも飲ませてください」

一音は思い切って言った。獅子戸は心配そうな表情になる。

「……いいけど、大丈夫かな」

「少しだけ……童貞ですから、これでも緊張してるんです！　リラックス効果もあるんでしょう？」

照れくささを隠すべくふてくされてみせる。と、獅子戸は少量の酒を口に含んだ。一音の肩を抱き寄せ、唇を近づける。獅子戸の意図を読み、一音はなすがままになった。

「……ん……」

獅子戸の口から甘い液体が流れ込んでくる。かすかな苦味に舌が痺れるが、それが酒のせいなのか、マタタビの味なのかはわからない。ごくんと飲み込むと、そのまま獅子戸のキスの嵐に襲われた。

「ちょっ……と待っ――」

「待てない」

抱き上げられ、ベッドに運ばれ、むしり取るように服を脱がされていく。

「あの、シャワー――」

「必要ない。俺は一音の匂いが好きなんだ」

獅子戸は顔を一音の首筋に近づけ、唇を押し当てた。耳たぶを甘噛みし、舌でねっとりとねぶる。

「ふ……」

舌が容赦なく一音の首筋、鎖骨……を舐めていく。くすぐったさとゾクゾクする感じが同時に押し寄せ、一音は首をすくめて耐えた。

そうこうしている間に、一音は獅子戸の手で素っ裸にされていた。カクテルを作るように手際がいい。

「……あ、しまった、コンドーム！」

一音の胴にまたがり、セーターを脱ごうとしていた獅子戸が言った。

「酒に気を取られて、持ってくるのを忘れた。コンビニで買って――」

「あります！」

一音は叫んだ。

「え？」

勢いで言ってしまい、また恥ずかしくなる。

「あ、あの……買っておいたんです……」

一音がベッド下を指差す。スペースがあるので、タオルなどを入れた収納ボックスやスーツケースなどを置いているのだ。

「小さなバスケットがあると思うんですけど」

獅子戸は一音にのしかかるように身体を倒し、手を下に突っ込んだ。

「これかな……」

引っ張り出したバスケットを獅子戸はベッドに載せた。ティッシュとコンドームの箱が入っている。

「用意がいいな……いつ、女の子が泊まりにきてもいいように？」

獅子戸の意地悪な問いに、一音は首を横に振った。

「違います」

性体験はないが、コンドームを買ったことも、使ってみたことももちろんある。現状で恋人がいなくても、大人の男ならば準備しておいて当然だ、実際にそうなってから買いに行くのはムードに欠ける――という情報を得て、用意したのだ。備えあれば憂いなし。

しかし今、目の前にあるコンドームは自分用ではない。

「獅子戸さんのために買ったんです」

「……俺の？」

一音はうなずく。

「俺用のもあるんですけど、獅子戸さんにはサイズが合わないと思って……俺より、あの……」

顔から火が出そうになった。獅子戸の大きさはとうに確認済みだ。

「ケンカしちゃったから、一度は捨てようかって思ったんですけど――」

一瞬の間の後、獅子戸に抱き締められ、息が止まる。

「獅子戸さん？」

「可愛すぎる……俺を殺す気か？」

言うが早いか獅子戸は服を脱ぎ、部屋の明かりを落とした。一音の身体を温めるように抱き締め、ブランケットを被る。

優しいキスはすぐに激しくなり、互いの唾液が唇の端からあふれ出した。

「は……あ……」

一音の身体が熱を帯びていく。といっても、興奮で火照っているのとは少し違った。血流がよくなり、手足の指先までジンジンと震える感じだ。

酔ったのかな……と思っていると、獅子戸の唇が乳首を捉えた。

「あ……！」

強烈な刺激だった。指でねちっこく弄られた後のように敏感になっている。

「や……獅子戸さ――」

跳ねる半身に、獅子戸もいつもとは違うと感じたのだろう。顔を離し、薄明かりの下にさらす。

小さな突起は色濃く尖っていた。

「大丈夫？　マタタビの威力かな……」

そう言いながら、軽く触れる。

「……ひ……！」

痛みに近い快感が下腹部を直撃した。

「乳首でイけそう？」

心配する素振りを見せながらも、獅子戸は指先や爪で擦るのをやめようとしない。それも触るか触れないか、というスレスレのラインだ。

やめてほしい、やめてほしくない……焦らすような愛撫に、一音は獅子戸の腕に爪を立てて泣き出した。

「……や……だ、もう……」

「嫌？　そうは見えないな。だって……俺の腹に擦りつけてるの、何？」

指摘され、ハッとする。無意識だったが、そそり立った分身を獅子戸の身体に押しつけ、自慰に浸っていたのだ。

「……ほら、濡れてるし……」

獅子戸は左手の指で分身の先を突《つつ》いた。

「あ、あ……っ」

一番触れてほしい部位を教えられ、一音は身悶えた。鈴口は嬉し涙をこぼし、茎は脈打つ。

「この分なら、乳首でイけるよ……」

低い声で意地悪く言い、舌を敏感すぎる突起に這わせた。

「い、や……！」

温かく濡れ、ざらつく舌が一音を追い詰めていく。しかも、獅子戸がわざと身体を密着させるので、どうしても分身が当たってしまう。

「ああ、あ……」

我慢できず、一音は腰を揺らした。硬く締まった獅子戸の筋肉に分身を押しつけ、擦り、悦びを得る。恥ずかしくてたまらないのに止められない。

マタタビのせいだ、俺は悪くない――そう言い聞かせ、獅子戸にしがみつく。

「いいよ……出して……」

獅子戸は囁き、両方の乳首を指でキリ……と摘まんだ。

「……ッ――ア、アー……っ……！」

喉を見せ、のけぞる身体を獅子戸が強く抱き締める。絶頂感を自由に開放できないことで、より激しい快感が長く下腹部に留まった。

「あ……あ……」

獅子戸の胸の中で、一音はヒクヒクと震え続けた。

「……沢山出ただろ……」

胴の濡れた感覚を頼りに、獅子戸が想像で言った。抱擁を解き、その部分を検証する。

「やっぱり……ほら……」

白くこってりとした精液が、垂れ落ちることなく獅子戸の皮膚の上に残っている。一音は横を向き、視線を逸らした。

「きれいにしよう」

ティッシュかタオルで拭くのかと思ってじっとしていると、そこは生温かいぬめりに包まれた。

「し、獅子戸さん……！」

獅子戸の舌が先端、茎……と舐め、やがて唇が全体を呑み込んだ。

「や、めて……汚いっ……」

一音は逃れようと身を捩る。だが、本当に逃れたいのはフェラチオの刺激だった。達したばかりで敏感になっているそこに、どれほど優しかろうが、初めての口淫は強烈すぎる。しかも獅子戸は指を添え、皮を剝きにかかったではないか。

「……アァ、ア……やめて……ダメ……」

皮を指でそっと下に引っ張り、獅子戸は露出した先端を舌で突くように舐める。皮との間に舌先を入れ、ぐるりとなぞられて、一音は悲鳴にも似た声を上げた。

「や、だ……それ……っ……！」

亀頭が完全に出たことを、獅子戸の舌と唇が教える。舌全体で丁寧に舐められながら、同時に皮を扱かれ、一音は悶絶しそうになった。扱く場所がちょうど亀頭の下、括《くび》れのあたりなのだ。

「ああ、あ、ダメ……いい――すごい、そこ、そこ……ッ……」

さっきよりも鋭い愉悦に貫かれ、一音は獅子戸の頭を両腿で締めつける。

「……またイく、イく――ああ、出ちゃう……ッ――」

獅子戸の口に出してはいけないという理性が、思い切り出したい、何度でもイきたいという欲望に負けた瞬間だった。

「は……」

同じ射精でも、それまで味わったことのない凄まじい快感だった。力が抜けると身体がふわっと浮き、頭の中が空っぽになった。

やがて重力が戻ってくると、獅子戸への想いの分だけ身体の重みを体感する。

「……ごめんなさい……口に——」

「謝るな。俺がしたかったんだ」

獅子戸はタオルで唇を拭い、笑った。

「一音をよがらせて、泣かせたかった。聞きたかった言葉が聞けたよ」

一音は胸がいっぱいになり、獅子戸の頬を両手で包んだ。顔を近づけ、自分からキスをする。

「……最後まで全部、してください。これで……」

片手を下ろし、獅子戸のモノを握る。カチカチで、腹にくっつきそうだ。耳も尻尾も生えていないが、欲望ではち切れんばかりになっているのがわかる。いや、耳や尻尾がない分、ここが雄々しく膨れているのだ。

「俺のこと、獅子戸さんの好きなように……」

うっとりと獅子戸を見つめると、獅子戸は喉を鳴らした。闇の下、瞳が妖しく光る。手の中のモノを力を込めて擦ると、熱く脈打った。

「一音……」

獅子戸は半身を起こし、一音の脚の間に膝をついた。一音の両膝を立てさせ、コンドームのパッケージを破ったところで、ふと動きが止まる。

「……サイズ、合いませんか？」

「いや、そうじゃなくて……何か、滑るものがないと……」

「滑るもの？」

「後ろ、濡れてないから……」

「ああ……」

挿入を助けてくれるものか。コンドームは用意できたが、そこまでは思い至らなかった。

「ハンドクリームとかで代用できますか？」

「食用油のほうがいいかもしれん。台所にあるよな？」

「はい、コンロの脇に……あの、俺が——」

「いいから、寝ておいで」

獅子戸は一音の額にキスをすると、さっとベッドを下りた。戻ってくるや、手にしていたボトルを一音に振って見せた。

「オリーブオイルがあるじゃないか」

いいものを見つけた、という感じでほくそ笑む。

「しかも、エクストラヴァージン……」

「な……それでいいんですか？」

「マッサージなんかにも使うだろ」

獅子戸はオイルを手のひらに出し、開かせた一音の脚の奥に塗り込んだ。

「あ……」

手の熱で温まったそれでぬるり……と孔の襞をなぞられ、一音はビクンと震える。

「……ふ……」

小さく息を吐いていると、すぐに中指が埋め込まれた。むず痒いが、嫌ではない。無意識にきゅっと指を締めると、そこに快感が生まれた。

「入り口、気持ちいいだろ？」

マッサージするように指を動かされ、一音はうなずいていた。恥ずかしいことに、出し入れしやすいようにと腰が浮いてしまう。

「ああ……獅子戸さん、変な感じが……」

また血液が全身を駆け巡り、一音は眠りに落ちる間際にも似た恍惚感に支配された。

「マタタビのせい……ですか？」

「そうかもしれないし、一音が持ってる生来のものかもしれない」

「生来のもの？」

「特にここが敏感で……もっと硬くて、長いモノを突っ込まれたがってる」

「あ……そんな、言い方……」

卑猥な言葉に煽られ、ますます頭はぼうっとなった。

「……う……う……っ――」

長い中指が根元まで埋まった。そこかしこが疼く。特に、指が届かない奥から何かがあふれ出すような気がする。

指だけでもこんなに感じるなんて……もっと奥を獅子戸のモノで擦られたらどうなるんだろう……そこを突いて、濡れさせてほしい……。

「欲しいか？」

痛いかもしれない。苦しいかもしれない。だが、想像がつかない。今の感覚以上の悦びしか思い浮かばない。このまま焦らされ続けるよりは、痛みのほうがましだ。

「……はい」

獅子戸はコンドームを装着し、オイルを塗りたくると先端を一音の孔にあてがった。

「サイズ、ぴったりだ。ありがとう。力抜いて」

一音はうなずき、ふうっと息を吐く。

「……ッ……あ――！」

息を吐き切る前にぐっと押し入ってきた。孔が拡がる感覚に一瞬、全身が抵抗する。

「息、吸って……吐いて……ゆっくり」

言われたとおりにすると、じわじわと獅子戸の太いモノが進んでくる様が感じられた。

「痛い？」

小さく首を横に振る。

痛みはなかった。ただ、異物が分け入ってくる感覚が苦しいだけだった。

「入ったよ」

隙間なくみっしりと入っている熱いモノ……それが獅子戸自身なのだと思うと、一音は不思議な感慨に襲われた。苦しい。でも、嬉しい。

「大好きだ」

獅子戸は動かない。ただ、一音の髪をかき上げ、唇をそっと吸う。

「ん……ふ……」

柔らかな愛撫に身を委ねていると、孔の奥が再び疼き始めた。

「……あ……あ……」

「大丈夫か？」

一音はうなずいた。

熱によって、奥にある甘ったるい何かが蕩け出す感覚が生まれる。オイルなのか、自分の身体が内包するものなのか、わからない。気のせいかもしれない。ただ、一音は腰を揺らさずにいられなくなった。

「一音……動いてほしいのか？」

カッと顔が熱くなり、首を横に振った。獅子戸が意地悪い笑いを漏らす。

「本当に？　こうしてほしいんじゃないのか？」

獅子戸が腰を強く引いた。隙間がないと思っていたが、内壁と獅子戸の分身の間を蕩けたものが流れ出す感覚に一音は慄《おのの》いた。

「あ、あああ……っ！」

続いて再び奥へと押し込まれ、悦びの源泉を突き破る。

「ああ、そんな……」

「やめるか？」

「い、や……」

生まれて初めての感覚、味わったことのない種類の感覚だが、やめてほしくなかった。それどころか病みつきになりそうな愉悦だ。

「じゃあ……」

獅子戸は一音の腰骨を掴み、リズミカルに出し入れを続けた。引き抜かれ、押し込まれ……その度に痺れるような快感が押し寄せる。身体の内側にこんな性感帯があるとは、こんな快感があ

ると は――。

「獅子戸さ……あ、ああ、変――変になりそう……です……」

「変って、どういうふうに？」

獅子戸の息が荒い。腰のグラインドはどんどん強く、速くなっていく。

「ああ、あ……」

一音は唇を指で押さえた。痙攣し、淫らな言葉を口走りそうなのだ。

それを察したのか、獅子戸は動きを小刻みなものに変えた。奥を突き上げるような角度で押し入ってくる。

「……ああ、いや……そこ……」

一音はシーツを握り締め、腰の奥から湧き上がる感覚に耐えた。

「どうなりそうなんだ、一音」

業を煮やしたのか、それとも限界が近いのか、獅子戸は一音の脚を抱え上げ、自分の腰に絡めさせた。より深い交接に、一音は泣き声を上げる。

「……イ、きそう……なんです、いっぱい――ああ、そこ……そこ、いい……ッ」

自ら獅子戸の首にしがみつき、一音は腰を揺らした。回した手が、獅子戸の激しい動きで上下にずれる。そのとき、一音の指に何かが触れた。柔らかくて、ふわふわした……。

「あ！」

獅子戸の頭にライオンの耳が生えているではないか。視線を背後に向けると、長い尻尾が伸びている。

「獅子戸さん……っ……待っ――」

耳と尻尾のことを伝えようとするも、獅子戸は一音に言わせようとしない。名を呼ぶのは喘《あえ》ぎ声だと思っているようだ。仕方なく、一音は耳を引っ張った。

「いッ……え？」

獅子戸は目を丸くし、動きを止めた。自分でも耳に触れ、振り向いて尻尾を確認する。

「いつの間に……」

「一時間、経っちゃったってことですよね……」

一音はつぶやいた。お互いに夢中になっていて、気づかなかったのだ。

「ごめん」と獅子戸が一音の中に埋まっているモノをゆっくり抜いた。

「あ……っ……」

「酒飲むよ。効くまでに少しかかるけど――」

「いいです！」

一音は半身を起こし、獅子戸の腕に触れた。

「でも――」

「大丈夫ですよ。だって、爪も牙も生えてないじゃないですか。俺は……このまま続けてほしい。

そのままの獅子戸さんに抱いてほしい」

「一音……」

獅子戸は一音を強く抱き締めた。

「愛してる」

腕と一緒に、長い長い尻尾も一音の背中に巻きつく。

「……くすぐった……」

ふふっと笑うと、獅子戸が身体を離した。

「せっかくだから、スタイル変えていいか?」

「スタイル?」

「獣スタイル——後ろから抱きたい」

「あ……」

身体が火照る。

「嫌?」

嫌ではなかったが、どうしていいかわからず、首を横に振って獅子戸に抱きつく。すると獅子戸は一音の身体を横たえ、くるりとひっくり返した。

「膝立して」

俯《うつぶ》せのまま、言われたとおりにする。明かりが落としてあるとはいえ、恥ずかしさから枕に顔を埋めて待つ。と、獅子戸が臀部にそっとキスを落とした。

「あっ……」

ゾクゾクと走った快感が消える前に獅子戸は一音の腰骨を掴み、猛ったモノを曝された孔に押し当てた。

「ん……」

再び、内部がみっちりと悦びに満たされ、欲望に火が点く。

「あ……あ……ッ……」

軽く揺すられ、すぐに声が漏れる。

「痛いか？」

一音は首を横に振った。

入れられているモノは同じなのに、体位が変わって当たる部分も違う。正常位よりも奥まで入ってくる気がする。擦られる感じも、快感も――。

「や……あ……っ……！」

声の調子でわかったのだろう、獅子戸は出し入れを強くした。

「だ、め……獅子戸さん……っ――」

身体が浮いて不安定なせいか、腰全体に愉悦が広がる。膝が震えて不安定さが増し、どうしても注意がそちらへ向けられる。その分、快楽を堪える意識が保てない。

と、柔らかい何かが胴を掠《かす》めた。目の端に映ったのは、長い尻尾だ。背後から一音の脇の下を抜けて前へ回る。

「ああ、あ……ッ……」

やや硬い毛先が乳首を捉えた。鋭い悦びに貫かれ、一音は甘ったるい声を放った。

「……ッ……ダメ、ダメ……っ——それ、ダメ……っ……！」

一音は腰に力を込め、獅子戸のモノを締めつけた。力強く、中へと与えられる悦楽をむさぼらずにいられない。

そんな一音を追い詰めるように、獅子戸の尻尾はするりと下腹部へ向かった。力を取り戻して喘ぐ鈴口を、毛先が撫でる。

「あ、あ……っ……剝け——」

分身の皮を再びめくられそうになり、鋭い快感に一音の身体はガクガクと揺れた。分身の先端から孔の奥までがつながり、腰回りが痙攣し始める。

「あっ……ああ、ダメ……また——」

「一音、我慢して……一緒に……」

獅子戸が引き止める。だが、一音はもう限界だった。

「……我慢、できな……ッ……」

痺れに似た感覚が、身体の奥から分身を伝って上がってくる。ところが、圧迫がそれを阻んだ。

尻尾が根元に絡みつき、射精を堰《せ》き止めているのだ。

「ひ……あ……や、だ……ッ――」

獅子戸は動きを止めない。それどころか、ストロークはどんどん速くなる。

「や、あ……イく、イきたい……っ――イかせて……」

枕から顔を離し、自分のものとは思えない悲鳴のような声で懇願したが、獅子戸は一音の腰骨を何度も何度も強く引き寄せるだけだった。

獅子戸の下腹部が激しく一音の臀部に当たり、卑猥な音がオーガズムを煽る。だが、尻尾は分身を離してくれない。それどころか根元をしっかりと絞ったまま、するするっと伸び、これ以上なく敏感になっている先端を弄った。

「ア……アア……変、になっちゃう……あ……もう……っ――」

一音は手を下腹部へ伸ばし、尻尾を摑んだ。爪がそこにめり込んだとき、獅子戸の腕がぶるっと震えるのがわかった。

「う……！」

尻尾が離れる。次の瞬間、凄まじい快美感が身体の芯を貫いた。

「ッ……あ、あああ……！」

一音は一気に絶頂へと駆け上がった。呼吸が止まり、頭の中も視界も真っ白になる。

膝が崩れる寸前、獅子戸が動きを止め、一音の背中を思い切り抱きすくめた。蕩けそうな内壁の中で、獅子戸のモノが熱く弾けるのがわかった。

一緒にくずおれる。獅子戸の荒い吐息が首筋にかかり、体重で身体がシーツに沈み込みそうだ。だが、それがたまらなく心地よかった。嬉しかった。自分の呼吸、汗ばんだ肌……何もかもが、恋の歓喜にむせび泣いているような気がした。

「……ずるいです……尻尾……」

一音は潰れた声で文句を言う。

「ごめん、不可抗力」

獅子戸は笑いながら一音の髪をくしゃくしゃとかき上げ、頬に頬をくっつける。垂れた耳の下の瞳がいとおしげに一音を見つめた。


「……そうだ、違う店の話ですけど……」

シャワーを浴び、獅子戸の腕枕でまどろんでいた一音は不意に思い出した。獅子戸にとっても自分にとっても重要なことだ。

「ああ、それか。あの本……『真夜中の波』、覚えてる?」

「もちろんです」

「あのバーテンダーの最後のお弟子さんが、Sホテルのバーにいるんだ」

獅子戸が口にしたのは都内屈指の老舗《しにせ》ホテルの名だった。国内外の要人や著名人に愛されて、歴史の舞台ともなった場所だ。

「そこへは勉強も兼ねて、ときどき飲みにいってたんだ。でも、自分もバーテンダーだって言い出せなかった。恐れ多いし、勇気がなくて……でも――」

獅子戸は一音を抱き寄せる。

「一音が仕事を頑張ってるのを見て……このままじゃいけないって思ったんだ。本物のプライドは、恥をかいてこそ磨かれていくもんなんだなと思ってさ」

「え……俺にプライドなんてないですよ」

「そんなことはない」

獅子戸は一音を見つめる。

「本当にやりたいこと、手に入れたいものがあるなら、頭を下げて、それが欲しいと言うべきなんだ。与えてくれる場所、授けてくれる人がいるなら、願って、頼んで……そのための努力をすべきなんだ。それが一番の近道なんだから。プライドに負けて、遠回りするなんてバカバカしいだろ？　でも、できないヤツが多い。俺もだ。一音はそれをやってのけた。まだ道の途中かもしれないが、俺は……本当に尊敬してる」

感激で、一音の目に涙が浮かぶ。

「だから……彼に打ち明けたんだ。バーテンダーやってます、あなたを尊敬してます、弟子にしてもらえませんかって」

胸に広がった期待が、涙を押しのけた。

「えっ！　そ、それで？」

「……タイミングよく、バーの従業員に空きがあって——ホテル側にかけあってくれて、テストを受けさせてもらえた」

テストは合格。師匠以上の力が自分にあるかどうかわからないが、バーを手伝ってほしい——彼にそう言われたという。その話を聞き、「Ｂａｒ　レグルス」のオーナーは快く送り出してくれたそうだ。

「すごい……よかった……！」

祝福の涙がこみ上げ、今度はまっすぐにあふれた。自分のことのように、一音は嬉しかった。

「一音のおかげだ。なのに、耳や尻尾のことでイライラして……本当に悪かったと思ってる」

「もう、やめましょう」

一音は腕を獅子戸の背中に回した。

「俺だって反省しなきゃならないことは沢山あります。でも、それ以上にこの先のことを……ふたりのことを考えたいんです……」

「そうだな」

腕を獅子戸の腰から下へ下ろしていく。自分を翻弄した尻尾はない。それが淋しい――。

「……一音……どこを触ってるんだ」

「……ないなーと思って……」

「また、したいのか？」

一音は耳が熱くなった。

「そういうんじゃなくて……触りたかっただけです」

「じゃ、したくないんだ」

「……別に、そんなことも言ってませんけど……」

獅子戸はにやっと笑った。

「生やすのは簡単だ」

11

「いらっしゃいませ」

都内、Sホテルの地下にあるバー「リオネル」の入り口で、若い男性スタッフが落ち着いた物腰で一音に言った。案内されて中へ進むと、髪をアップにした女性バーテンダーがカウンターの向こうから柔らかな笑みを投げかけた。

「いらっしゃいませ」

「……こんばんは」

「どうぞ」

「あ、はい」

女性バーテンダーに促されるまま、一音はカウンター中央のスツールに座った。やや緊張気味なのは、獅子戸の新しい勤務先を訪れるのが初めてのせいばかりではない。バーの成り立ちも関係している。

「リオネル」は四十数年前のホテル創業時から存在し、建物と共に歴史を刻んできた。イギリスの「アーサー王伝説」に登場する円卓の騎士のひとり、ライオネル卿にちなみ、豪奢《ごうしゃ》な円卓がトレードマークだ。ボトルキープのない、正統派のバー……インターネットで調べた一音は武者震いした。バー初心者にはハードルが高い。

そのためか、「しばらく来ないでほしい」と獅子戸に言われていたのだが、この度、ようやく「おいで」とお許しが出た。そこで、一音は滅多に着ないスーツで来た。ノーネクタイだが、恋人の前できちんと振る舞いたいという意気込みもあった。

「何にいたしましょう?」

「あ、ええと……」

女性バーテンダーから視線を外してメニューを眺める。獅子戸の姿はない。

とりあえずジンフィズを頼めば大丈夫……そう思っていると、目の端に別のバーテンダーの姿が映った。顔を上げる。

「いらっしゃいませ」

獅子戸だった。一音は安堵する。

「こんばんは」

獅子戸は女性バーテンダーに「ここは私が」と小さく言った。

「ようこそ。お客様にお勧めのとっておきのカクテルがございます」

驚いたが、きっと理由があるのだろう。一音はすぐにうなずいた。

「じゃ、それをお願いします」

「かしこまりました」

獅子戸はグラスに氷を用意し、シェイカーに酒を入れた。ジンと淡い黄緑色のリキュールだ。横向きに立ち、獅子戸はシェイカーを振り始める。ゆっくりと……そして素早く、丁寧に。

家で練習する姿を何度も見た。その度、一音の胸は高鳴った。だが、やはりバーテンダーの服装で、カウンターの中でシェイクする姿に勝るものはない。職人のストイックさとバーへの愛情、客への想いが伝わってくる。何より、セクシーだ。

グラスに中身を空けると、獅子戸は炭酸水を注いだ。そして、飾り切りをした果実の皮をふちに引っかけ、一音の前のコースターに載せた。

「どうぞ」

獅子戸はそれ以上、何も言わない。

一音はグラスを取り、慎重に飲んだ。甘い。だが、苦味と酸味もある。次いで、爽やかな香りが鼻孔に広がった。その香りが、苦味と酸味を甘さへと引き寄せているのだ。

「お……美味しい……！」

お世辞ではなく、正直な感想だった。

「ありがとうございます」

「すごく飲みやすいです。なんだろう、この味、匂い……あ、メロン？」

獅子戸は微笑んだ。

「はい。メロンリキュールとマタタビ酒です。マーブルメロンの果汁も少し搾ってあります」

「マーブルメロン？」

「その飾り切りが、マーブルメロンの皮です」

よく見ると、グラスに引っかかっている飾り切りには縞模様があった。

「へえ、こんなメロンがあるんですね……あの、このカクテルの名前は？」

「ございません。試作品ですので」

まだ来るな、と獅子戸が言った意味を一音は読み取った。新しいカクテルを考案していたからだ。師となるバーテンダーの了承もなかなか出なかったのだろう。

それが、晴れて解禁になった。だから、招いてくれたのだ。

「……本当に美味しいです」

感動を嚙みしめ、大切に味わいながら一音は言った。

「特に女性に人気が出ると思います」

「ありがとうございます。お客様にお願いがございます。このカクテルに名前をつけていただけないでしょうか」

「え……僕が？」

獅子戸はうなずいた。

「え、でも……僕なんかが……」

「お願いします」と言い、獅子戸は声をひそめた。

「あなたのために作ったんです」

一音は胸がいっぱいになった。招いてくれただけでも嬉しいのに、命名者になれるなんて。ふたりで、何かを作れるなんて——。

「ええと……メロンリキュールとマタタビ……」

いや、中身や味より、印象に残る名前がいい。きっと、獅子戸には意図があるはずだ。

一音はグラスを観察する。くるりと輪を描く縞模様のメロン……まるで……。

「キャット・テイル」

一音の提案に、獅子戸は微笑んだ。

「……いい名前ですね。いただきます」

あとがき

こんにちは、もしくは初めまして、鳩村衣杏《はとむらいあん》です。

この度は『獅子戸《ししど》さんのモフな秘密』を手に取っていただき、ありがとうございます。

クロスノベルスさんの本は四冊目になります。

今回は担当さんのご提案で、モフモフに挑戦。「ライオンはどうですか？　百獣の王ですよ！」と伝えたところ、「ライオンは耳と尻尾が、絵的にちょっと……」という反応が。

言われてみれば、人に生えてるところを想像すると……むむむ。それにライオンの牡《おす》って、実は大して働かないんですよね……でも、猫科だから、猫を絡められないか？ってことで、強引に猫たちが登場。

鳩村、ペットはほとんど飼ったことがありません。そこで、取材として猫の生態を調べたり、動画を観たり、友人宅の猫ちゃんと遊んだりしているうちに……すっかり猫の虜《とりこ》に！

いやー、我ながらびっくりです！　こんな日は絶対に来ないと思っていました……人って変わるんですね。

まだ「愛《め》でる」ところまで行かず、「面白がって観察している」レベルですが……興味の幅が広がりました。

ところで、誠覧社《せいらんしゃ》つながりシリーズも四作目。他の作品は未読でも話は通じますが、「あのキャラの近況」がちょっと出てきたりします。読んでいただければ、より一層楽しめると思います。

ちなみに今回登場した葛城《かつらぎ》は、既刊『シンケとあーたん』でシングルファーザーに挑戦しております。攻めです！　よろしくお願いします。


お礼を少し。

挿絵の水名瀬《みなせ》雅良《まさら》さん。挿絵をつけていただくのは二回目です。幸せを噛みしめておりましたが、ラフを拝見し、さらに幸せがジワジワと……獅子戸が！　獅子戸がめっちゃカッコいい！　もちろん一音《かずね》も可愛いのですが、獅子戸の「男の色気」＋「耳＆尻尾」にずーっとクラクラしています。短編のネタもどんどん湧いてきました。ありがとうございました。

担当編集のNさん。一稿が上がってからの交代ということでバタバタしましたが、無事に発行までこぎつけてよかったです。感謝いたします。

そして、元担当のTさん。今まで本当にお世話になりました。出版社をまたいでお仕事をさせていただき、沢山のアドバイスと励ましをいただきました。心から御礼申し上げます。またいつか、お仕事をご一緒できれば嬉しいです。

そして誰よりも、読者の皆さん。いつも応援ありがとうございます。ご意見・ご感想などありましたら、ツイッター、メール、またはクロスノベルス編集部さんまでお寄せください。よろしくお願いいたします。

二〇一七年　六月　　鳩村衣杏

CROSS NOVELSをお買い上げいただき
ありがとうございます。
この本を読んだご意見・ご感想をお寄せください。
〒110-8625
東京都台東区東上野2-8-7　笠倉出版社
CROSS NOVELS 編集部
「鳩村衣杏先生」係／「水名瀬雅良先生」係

CROSS NOVELS

獅子戸さんのモフな秘密

著者
鳩村衣杏

2017年7月23日　初版発行　検印廃止

発行者　笠倉伸夫
発行所　株式会社　笠倉出版社
〒110-8625　東京都台東区東上野2-8-7　笠倉ビル
[営業]TEL　0120-984-164
FAX　03-4355-1109
[編集]TEL　03-4355-1103
FAX　03-5846-3493
http://www.kasakura.co.jp/
振替口座　00130-9-75686
印刷　株式会社　光邦
装丁　磯部亜希
ISBN　978-4-7730-8855-7
Printed in Japan